STORY

半獸人英雄物語

忖度列傳

4

理不尽な孫の手

illustration

朝凪

Kadokawa Fantastic Novels

忖度（ㄘㄨㄣˇ ㄉㄨㄛˋ）：揣測他人心情。亦指揣測並顧慮對方狀況之意。

（出自維基百科）

ORC HERO

第四章

獸人國

Beast country

STORY

首都利康多篇

Episode
Lycant

1. 貢克拉夏山脈

沿著林德山往西北方而行，有一座貢克拉夏山脈。
那是由貢高爾山、克拉多山、阿留夏山組成的山脈，標高達四千公尺。
獸人之國位於越過那座山脈之後的地帶。
貢克拉夏山脈固然屬矮人的領土，然而，並不是每座山都像多邦嘎地坑那樣有洞穴可以通到另一端。假使有路徑能通到獸人國，也無人知曉其存在，當然更不可能有地圖之類。
故旅行者想從矮人國移動至獸人國，就必須沿這座山脈大幅迂迴。畢竟其山勢險峻，並非常人能通行的地方。
「老大，總覺得霧變濃了耶。」
「是啊。」
霸修就位在那樣的山中。
霸修乃半獸人英雄。
他已經習慣嚴酷的戰地，有時也會趕著通過這般崎嶇的山路、深邃的森林或魔法四射的

戰場。只要有半獸人的壯碩身軀，加上霸修無窮的體力，要翻過這種山脈根本是小事一件。

「老大看得見腳邊嗎？」

「看不見，但是沒問題。」

目前霸修身處濃霧當中，正在攀爬懸崖峭壁。

攀附於陡坡卻又視其為無物，還沙沙作響地迅速移動的模樣，簡直就像碩大的蜘蛛。

倘若不認得他，任誰都會多看一眼吧。或許還要捏一把臉頰，確認自己是不是遭受操控幻影的魔獸迷惑了。

然而，認得霸修的人目睹這一幕，應該就會安心地認為：「啊，原來霸修先生再厲害，也無法三步併兩步地衝過懸崖耶。」

「哎呀呀～～？老大，你好像心情不錯耶。有什麼好事嗎？」

「想到獸人族的女人，我就這樣了。」

霸修放鬆嘴角。

他在心裡想像的是那些在戰爭中見過的獸人女子。個個有著曼妙婀娜的身軀，還是精悍的戰士。

獸人族。

若要用一句話來形容他們，就是以雙腳步行的野獸。

1.貢克拉夏山脈

敏捷而凶猛；動手毫不留情的殘虐狠勁；於暗夜亦能視物，就算在濃霧中也會靠靈敏嗅覺找出敵人。

部隊間透過唯有自族聽得見的特殊啼聲暗中聯繫，進而漂亮地展開包圍將敵軍逼入絕境，簡直可稱作他們的壓軸戲碼。儘管在魔法方面遠遜於外族，他們卻不介意。

因為他們是戰士的種族。

話雖如此，對半獸人來說另有一項重要資訊。

獸人多產多子。

懷孕一次，就會生下約三～七名小孩。

此外，適逢每年一度的發情期，即使交配對象是半獸人也來者不拒，有時候甚至會熱情地主動索求。

在部分半獸人之間因而非常受歡迎。

他們都認為要生小孩的話，找獸人最好。

雖然獸人的外表在半獸人眼中還是有喜好之分，不過，對霸修來說可以算在喜歡的範圍內，至少跟矮人比起來幾近天壤之別。

霸修想到能與尚未見面的那些獸人女子交歡，嘴角便不由得放鬆，腳步也自然而然變得輕快了。

「希望這一次，我就會討到老婆。」

「對！之前連我都隨著那些半吊子的情報起舞，給老大的支援斷然不能稱作完美。但是，這次我絕對會以完美的支援找到完美的老婆，並且引導老大做出完美的求婚！」

求婚三度失敗。

那給幹練的勇士霸修帶來了些許焦慮。

離霸修滿三十歲仍有段時間，但是時光流逝得飛快。在他慢吞吞地耽誤自己時，那一刻應該轉眼間便會來到。

要是那樣，霸修就完了。他的餘生將不見天日。

獸人王室締結婚約。

那使得獸人國民心歡騰。

不能把握住這樣的機會，還叫什麼英雄，還叫什麼身經百戰的勇士。

這次的哥兒倆比以往更加帶勁。

「捷兒，重要的是路在哪邊？」

越過懸崖峭壁，來到只靠雙腳就能站穩的地方以後，霸修朝四周看了一圈。儘管他有拚勁，周圍卻如墮五里霧中。

連哪一邊是上山、哪一邊是下山都只能分辨個大概。

1.貢克拉夏山脈

「老大，往這邊！這邊！『赤色之森』在這邊不會錯！相信我，跟著來吧！」

「好！」

然而，現場也有擅於偵察的妖精。

或者說，如果對這名叫捷兒的妖精不甚熟悉，應該就會對他那種讓人信不過的言行感到憂慮，因而誤入歧途吧。

不過呢，霸修與捷兒可是老交情。即使在雷雨交加的陌生森林；即使在屍橫遍野的沼澤地；即使在怒號與兵器聲令人耳鳴的戰場上，霸修都相信由捷兒指出的路標，並且一路聽從而活了下來。

所以他信任地跟隨而去。

雖然有時候也會繞上遠路，但霸修知道他們必定會抵達目的地。

粗糙外露的岩層。空氣稀薄寒冷，既然季節如此，就算覆上一層雪也不足為奇。換成智人似乎就會瞬間凍死的嚴酷環境，霸修卻腳步輕盈。這是因為獸人之國的「赤色之森」已經近在眼前。

「哦？老大，霧開始散了耶！」

這時候，吹起了一陣強風。

於是那陣風像是吹開了視野，霧漸漸散去。

天光從遮蔽長空的雲層照下來，寰內逐步放晴。

狀況發生在短短一分鐘左右。

原本覆蓋霸修身邊的霧氣散去，天空萬里無雲，太陽燦然閃耀著。

「是『來天』啊。」

在這塊瓦士托尼亞大陸，天候不時會出現如此急遽的變化。

大雨或暴風雨忽然停歇並放晴就稱作來天；突如其來地降下大雨或暴風雨則會反過來稱作降天。

此類現象一再發生於大戰之中，將歷史推動至今。

對霸修而言，來天與降天也有留下許多回憶。

在雷米厄姆高地那場令人難忘的決戰，同樣發生過降天與來天。

只不過那並非自然的產物……

「在、在那邊！獸人族的森林在那邊！」

當霸修正要回想某位人物的時候，捷兒就喊了出來。

捷兒指去的方向——右後方。在方才通過的懸崖峭壁正下方一帶，可以看見紅色的森林。紅葉爭豔盛放的廣大森林，獸人族的「赤色之森」就在那裡。

「走吧，老大，我們下山！」

1.貢克拉夏山脈

「嗯！」

坦白講，那是他們剛才經過的地方，霸修卻沒有放在心上還點了頭。

交給捷兒領路總會變成這樣。只要最後能抵達又不至於延誤事情，那就毫無問題。畢竟讓霸修獨自探路的話，他就無法抵達，要不然也會在抵達後才發現為時已晚。

霸修開始沙沙作響地滑著下陡坡。

熟識霸修的半獸人看了這一幕，在感到安心的同時也會失望地暗想：「啊，原來霸修先生再厲害，也不會貿然跳下山崖呢。」

「……唔？」

「……」

走下斜坡的路途中，霸修忽然感到有動靜，便朝後面回過頭。

回頭望去，山頂就在那裡。

即使憑霸修的眼力，仍然遙在遠方的山脈之巔。

那裡有某種東西反射出閃爍的光芒。

逆光下難以看清，但在定睛觀察後似乎也能發現有人站在那裡。

「怎麼了嗎？」

「……沒什麼。除了我們，好像還有別的旅行者也在霧中迷路了。」

話雖如此，霸修是半獸人。

他屬於不拘小節的類型。就算有人站在山頂，那也無所謂。

「哦～～這樣啊。」

而且，捷兒同樣屬於不拘小節的類型。

（總不會嘛。）

霸修一瞬間曾在腦海裡冒出某位人物的名號，但立刻就否定了。

畢竟在當今的世上，那名人物並不會出現在此時此地，就算對方曾來到這裡，那也跟霸修無關。

「走吧，老大，我們先去找關卡的哨站！出發嘍！」

「好！」

哥兒倆就這樣下了山。

■

「是流浪半獸人！有流浪半獸人出現了！」

「全隊拔劍！拚上前重裝犬兵團的名譽，絕不能放他活著回去！」

1.貢克拉夏山脈

「不要讓他玷汙公主的大喜日子！」

霸修一接近國境，國境即刻產生了騷動。

臉長得像在鬥牛賽事勝過幾十場的鬥牛犬的士兵露出獠牙，將霸修圍住。

「慢著，我不是流浪半獸人。我名叫霸修，出來旅行是要尋找某樣東西！」

「就是嘛！哪有像我們老大這樣充滿氣質的流浪半獸人！看這每天靠洗澡保持清潔的肌膚……啊，今天老大翻了山過來所以搞得有點髒，但是他會擦氣味芬芳的香水……啊，果然爬山後味道就沒了，變得有點臭……呃，不過還有臉啊！對，看臉！老大精悍的臉孔跟那種隨處可見的半獸人可不一樣！你們仔細看！他的尖牙多迷人！」

鬥牛犬士兵們對迅速飛舞著大聲嚷嚷的妖精露出納悶臉色，卻沒有把劍收回鞘內。

聽見霸修的名字反而讓他們把臉繃得更緊。

「你叫霸修？那個號稱『半獸人英雄』的霸修？」

「沒錯！」

「臭傢伙！你來這個國家有什麼事！」

「我聽說這個國家的三公主要結婚了。」

話一出口，站在前頭的士兵立刻體毛直豎。他們顯露出魔獸般的殺氣。鬥牛犬士兵眼冒血絲，朝著霸修舉劍備戰。

「臭傢伙，竟敢這麼厚臉皮！」

「這道關卡，絕不會放你通過……！」

「我們就算拚上性命也會宰了你！」

原本來說，霸修面對眼冒血絲還舉劍相向的人，會採取的反應只有一種。

應戰。

拔出背後的劍，將所有人撂倒後從中央突破。這樣便能繼續前進吧。

「唔……」

然而，霸修沒有拔劍。

因為他知道在這裡拔劍就無法達成自己的目的。

「怎樣啊！你們太奇怪了吧！總不會因為老大是半獸人，就不讓我們通過關卡吧！條約上根本沒有那樣的規範啊！休戰協定反而有說凡是旅行者要過關卡，你們都應該放行耶！這樣好嗎？就你們獸人不守規定？在國際間的立場會不會因而惡化呢？」

「誰管那勞什子的條約！」

連捷兒都說不動對方。

每個人都顯露出敵意與殺意，怒目瞪向霸修。

急迫得隨時會一湧而上。

1.貢克拉夏山脈

從外表看，他們是經歷豐富的戰士，看似都認得霸修。雖然霸修並不認識他們……彼此恐怕曾在戰役裡對上吧。而且，霸修說不定殺過對方的夥伴。

從他們身上可以感受到如此的氣息。

當今是和平的時代。

人人都努力想保持和平。

心裡有恨的人縱然憎恨戰爭，也會認為不該去憎恨曾經敵對的種族。

然而，難免還是有人不那麼想。

更何況既然殺害親兄弟的仇人實際現身於眼前，也會有無法退讓的情況。

當然了，他們是因為認得霸修才能忍著不動手。

因為他們曉得胡亂撲上去的話，自己這些人就會化成肉片。

「嗯～～……不肯讓我過嗎？」

霸修困擾不已。

回想起來，以往就算遭到拒絕或者引人起疑，也沒有發生無法通過國境的情形。雖然有人表達過不放行的意志，殺意明顯到這種地步還是第一次。

「……」

霸修無意戰鬥。

話雖如此，倘若對方動真格朝他揮下手裡舉著的劍……

從霸修的立場也不得不戰。

驕傲的半獸人戰士沒有遇戰而逃的選項。

況且對方胸懷榮譽，認真要來對付自己的話，那更是不用提。

霸修不動。

只要往前一步，對方便會進攻吧。

把手伸向背後的劍，對方也會進攻吧。

說不定霸修旋踵沿著來路走回去，對方還是會視為良機而展開攻勢。

而且在那一瞬間，霸修來獸人國討老婆的計畫便會泡湯。

霸修並無下一項腹案。

討老婆的計畫大幅倒退，處子之身將永遠與霸修同在吧。

其末路是成為魔法戰士。在獲得不名譽象徵的同時，霸修會失去那以外的一切。

生死交關。

仔細想想，霸修在以往的人生中或許從未遭遇過這等危機。

「噠噠啦噠噠噠～～噠～～噠～～♪噠啦啦啦～～♪噠～～啦啦啦噠噠～～♪噠～～啦啦啦噠噠～～♪噠啦啦啦～～噠啦啦啦～～噠啦啦啦～～♪」

1.貢克拉夏山脈

就在這時候——

不知道從哪裡傳來哼歌的聲音。

而且配合哼歌聲，還有演奏弦樂器的聲音。音域差不多在「錚錚」與「鏦鏦」之間，聽來像地獄鳥的啼聲一樣呈不協和音，不過那確實是樂器聲。

發自霸修背後。

「……！」

老實說，霸修懷有期待。

回想起來，國境是他邂逅許多人的地方。

在席瓦納西森林遇見了桑德索妮雅，在多邦嘎地坑則遇見了普莉梅菈。

儘管兩者皆拒絕了他的求婚，卻也都是無可挑剔的美麗女子。

所以說，莫非這次也一樣……霸修心想。

「噠噠啦噠噠～～噠～～啦啦～～噠噠啦噠噠～～噠～～啦啦～～噠噠～～♪嘿！」

哼歌者直接經過霸修身旁，然後在士兵們與霸修之間轉了個圈。

對方的手指隨吆喝聲指向天空。

霸修好生失望。

是個男的。

「是不是有什麼糾紛？」

他把指尖朝向那些士兵，像是在跟認識十年的老朋友搭話一樣問道。

著實率性。

「……」

名為困惑的情緒超越種族傳達到心裡。

霸修與捷兒看了看彼此的臉，然後又跟獸人族士兵們看了看彼此的臉。

有誰認得這傢伙嗎？不，沒人認識。

明明雙方都不會心電感應，卻交流了如此的念頭，接著他們又望向哼歌者。

種族恐怕是智人。

性別為男性，手拿智人常會彈奏的弦樂器，還戴了造型如女子的面具。

實在可疑。

「……我想通過這裡，這些士兵卻不肯聽人說話。」

霸修掐頭去尾地這麼說道，形同回答了對方的問題。

男子轉向霸修。

「真的嗎？」

「是啊。」

接著他轉向士兵們。

「真的嗎？」

「……我們原屬重裝犬兵團，拚上其名號及榮譽，說什麼也不能放任這個傢伙……『半獸人英雄』通過。」

聽完雙方說詞以後，他進一步伸開兩手，呼籲似的向士兵們開了口。

「我懂你們的心情！」

他舉著兩手轉起了圈圈，還用作戲般的語氣說道：

「戰爭也讓我失去了重視的人！要說我不恨殺他們的凶手，那便是虛偽之言！」

男子戛然停下。

「可是！那樣的想法，在這和平的時代並不適宜！」

「……」

「或許戰爭讓你們失去了那些人，可是，試著思考看看吧。我們四種族同盟締結了和平。為什麼！因為一路激戰過來的將兵們心裡都想著『不希望再失去心愛的人了』！時至今日，你們也有心愛的人吧？回到家以後都有家人吧？」

然而，男子以作戲般的身段執起弦樂器，撥彈出聲音。

音色難聽得簡直像露出了什麼見不得人的東西。

士兵們甚至起了疑問：正常的弦樂器是要怎麼彈奏才會冒出這種聲音？

「這一位同樣是身經百戰的勇士！倘若雙方交手，或許你們當中也會出現一兩名犧牲者，說不定還可能全軍覆沒。啊，我當然不是小看你們，畢竟說到戰鬥這回事，往往都是如此！而且，假如你們失去了任何一員，等待著你們回去的人就會難過。先前締結和平者的心意還有願望，都將因而白費！」

弦樂器接連撥彈出聲。

那聲音實在太令人不快，甚至有士兵捂住了耳朵。

「身為和平使者，我絕對無法坐視那種事！所以說，能否請你們看在我的面子上，放他通過這裡呢！」

男子說著就再次伸開了雙手。

士兵們面面相覷。

即使說要看他的面子，男子的臉孔仍然被面具遮著。

「滿口胡言……說起來，你這小子又是什麼來路？」

「……哎呀，差點就忘記。我太晚自介了。」

男子清了清嗓。

他從懷裡拿出了看似信函的東西，交給士兵。

「這什麼名堂……啥！」

士兵看了以後，臉色出現戲劇性的變化。

「你……不，您是……！」

於是，士兵的嘴巴被男子悄悄地伸手掩住。

他從齒縫間呼氣噓了一聲。

「不過，您為什麼……那張面具是？」

「為了保護世上的和平……總歸來說，現在的我算是和平使者啊。」

男子說著便捧起弦樂器，再次撥彈出聲。

士兵們面有難色，但並不露骨。

從霸修他們那邊看不出男子拿的紙有何細節，也不明白男子的身分。

然而，可以曉得對方似乎貴為讓士兵們用上敬語的大人物。

「雖然我不清楚詳情，不過這表示您並不希望受到盛大的迎接嘍……」

「就這麼回事。」

士兵先將許可證還給他，然後擺出為難的臉。

「可是當下本國正在慶祝公主殿下的大喜之日……總不能放『半獸人英雄』通行……」

「我也能理解你的顧慮……然而，這不正是理由嗎？」

「……」

「沒事的，他什麼也不會做啦。證據就是你們舉劍相向，他依然沒拔出自己的劍。那個威名遠播的半獸人都沒對你們動武耶。不然由我做擔保吧，他不會危害獸人，絕對不會。」

男子如此說完後就回頭向霸修確認：對吧？

「你什麼也不會做吧？」

「對。我沒有打算惹事。」

霸修點了頭。

他原本就沒有惹事生非之意。在以往的那些城鎮，霸修都沒有惹出問題，這次來到獸人族城鎮，同樣是抱著相安無事的打算。

「你們聽，他也是這麼說的。」

「……半獸人的說詞根本無法取信……不過既然您這麼說，我們便聽命行事吧。」

士兵們顧慮的並不是霸修會惹事。

他們另有理由。

「不過，要是發生狀況，我們會傾全力獵殺那名半獸人。」

「我也希望事情不至於變成那樣。」

男子——和平使者這麼說完，就滿意似的點了點頭。

1.貢克拉夏山脈

■ ■ ■

「你幫了大忙，感謝。」

通過關卡之後，霸修這麼告訴和平使者。

他沒來的話，關卡應該已經掀起腥風血雨。

要入國當然更是作夢。何止如此，最糟的情況下或許還會重啟戰端。

「不用言謝！因為我可是和平……不，『愛與和平的使者』埃洛爾！」

「愛與和平的使者」埃洛爾說著便彈響了弦樂器。

那聲音跟半獸人戰士長在自己的小屋裡侵犯女人時所傳出的嬌喘聲有幾分類似。

霸修不懂音樂，卻覺得那像是帶來希望的聲音。

只願將來自己也能讓女人發出那種聲音。

「更何況，你是應該來的……」

「什麼？」

「不，沒什麼啦！啊哈哈哈哈！」

埃洛爾突然笑了起來，然後匆匆跑掉。

「那麼，讓我們日後再會！」

「好！這份人情我遲早要還你！」

「哈哈，我會期待的喔！『半獸人英雄』霸修大人！」

埃洛爾一邊發出笑聲一邊沿著通往城鎮的路跑走了。

彼此去處相同，這樣的話，應該還有機會碰面。

「老大，感覺那傢伙還真是喋喋不休耶。」

「是啊。」

埃洛爾肯定也覺得捷兒沒資格說他吧，不過霸修表示贊同。

在先前的旅程中，沒看過幾個像這樣的男人。然而，霸修在此時忽然露出思索的神情，彷彿在摸索記憶深處。半獸人不太會露出這種表情。

「嗯？老大，難不成有什麼事讓你覺得在意嗎？」

「……那個男人，我好像在哪裡見過。」

「是不是在戰場上會過面啊？」

他的言行舉止敏銳得從那輕佻的態度無法想像。

乍看下滿是破綻，不過霸修與捷兒都瞧出來了，對方毫無可乘之機。那是個幹練的戰士

……而且，顯然還是位有頭有臉的人物。

只不過，霸修對「愛與和平的使者」這個外號、他戴的面具，還有埃洛爾這個名字都沒有印象。

至於弦樂器，那就更不用說了。

「老大，要緊的是這次要努力找老婆啊！」

「對！你說得沒錯！」

搞不懂的話，那就不懂也無妨。

霸修與捷兒都屬於不拘小節的類型。

與其尋思那些，哥兒倆心想還不如趕緊到獸人國，便生龍活虎地邁出腳步。

2. 布萊月刊

獸人國，赤色之森。

那是塊優美的地方。

有紅黃樹葉繁茂的林木聚集群生，還有各種不同的動物孕育生命，彷彿能給予所有逗留者安寧的慈母大地就在那裡。

而在森林中心聳立著一棵據說從戰爭發生前即已存在的巨木。

獸人族把那棵巨木稱作聖樹，把這座森林稱為聖地。

對他們來說，這塊地方別具意義。

獸人大約在一百年前被奪走了聖地。

格帝古茲以惡魔王身分即位後，短短幾年便發生了事端。

當時獸人族被格帝古茲逼到了絕境。戰爭中，瀕臨滅絕的種族固然不在少數，獸人亦非例外。格帝古茲即位後，曾集中戰力想屠滅獸人。

他壓制其他種族並派兵猛攻，有意連根鏟除其戰力。

2.布萊月刊

格帝古茲打的算盤大概是四種族同盟當中，只要能滅絕一族即可取勝吧。

獸人的八成領土與人口遭奪走，還被驅逐至偏僻的青色之森。如果沒有精靈與矮人大力支援，或許獸人當時就直接滅亡了。

獸人拿回聖地是在格帝古茲駕崩的幾年前。

靠著一隊於青色之森蓄積戰力的奇兵。

成就此舉的是雷托．利跋葛多。

獸人王室利跋葛多家的男嗣。

他拿下獸人族最強之威名，率領了一支精壯的獸人軍隊攻打赤色之森，進而奪回失土。

其功勞與勇氣受到稱頌，他便獲得王封賜的勇者稱號。

獸人族勇者雷托。

收復赤色之森，相傳是獸人族成功痛擊已故格帝古茲的唯一戰役。

然而，對早就將貢克拉夏山脈納入手中的七種族聯合來說，赤色之森並無剩餘的戰略價值，格帝古茲就是覺得不痛不癢才會輕易放手吧——其他種族有這樣的見解。

話雖如此，要說該戰役實際上無關痛癢，倒也沒那回事。

畢竟收復赤色之森讓獸人完全取回了戰意。

百年來乖得像怕生家貓的獸人就此變成了保衛地盤的猛虎。

「這裡也很讓人懷念。」

「就是啊～～」

而且，霸修同樣參與了那一戰。

那時候霸修仍是屁股長青斑的毛頭半獸人，就吃了艱苦的敗仗。

在濃厚的血腥味當中，不管去哪裡都有敵兵，鏖戰無分日夜。當時實力尚弱的霸修之所以沒死，應該可說純屬幸運。

回想起來，即使說霸修的征途始於這座森林也不為過。

雖然他初次上陣並不是在這座森林，吃敗仗卻是第一次。

「……老大，其實我光是回想就快要漏尿了耶。因為獸人會抓妖精來吃。」

「你是說『妖精饕客戈頓』嗎？」

「沒錯！就是那傢伙！光想到就起雞皮疙瘩！那個臭老饕居然把我捲起來，然後塗滿蜂蜜再灑上黃芥末！蜂蜜配黃芥末耶！還舔了我一口說要試試看味道，結果他竟然抱怨『唔哇，好難吃』就倒下去了！昏得不醒人事喔！不醒人事！要說的話，蜂蜜配上黃芥末怎麼可能會對味嘛！你說對不對，老大！」

捷兒已經活了很久。

他在霸修還是新兵時就已身經百戰，好幾次被敵人捉住，更讓他享有「求饒捷兒」的名號。

相對地，「妖精饕客戈頓」則是獸人族的戰士。
如外號所示，他是個專門抓妖精來吃而出名的古怪老饕。
捷兒就被這樣的戈頓抓到過。
為什麼他沒被吃掉呢？
理由很簡單。
獸人在吃東西之前為了確認有沒有毒，都會先用舌尖舔一舔。
照戈頓的說法，妖精肌膚有種花蜜般的甜味。
可是，那天的捷兒經過數日激戰，因此身上氣味非常難聞。
那是妖精不該有的味道。
戈頓舔了一口就舌頭發麻，視野閃爍，意識像哈比一樣飛走，當場昏厥過去。
隔天，他在嘔吐與腹瀉中醒了過來。
據說原本受戈頓美食評論影響，開始流行吃妖精的獸人族還為此大受震驚。
那次事蹟讓捷兒被取了「拉肚子捷兒」這個外號。
對捷兒來說固然是個不光彩的渾名，當時的妖精卻把這當成英雄的名號。
畢竟以那天為界，被戈頓吃掉的妖精就大幅減少了。

「不過，和平時代的赤色之森實在不錯耶。空氣清新，環境既恬靜又閒適，樹蔭更強烈刺激到我身為妖精的部分，感覺好舒服喔。」

「是啊。」

哥兒倆只認識曾為激戰區的赤色之森。

當時，這片紅葉與血色並無分別。

樹木大多燒得焦黑，地面也沒有這麼乾燥，總是處處血泊而讓人腳滑。

甚至會覺得就是因為經常下血雨，才取了赤色之森這個名稱。

沒想到它竟然會是如此靜謐又散發著神聖氣息的森林……

「唔？」

當哥兒倆沉浸於感慨之際，腳下忽然傳出了沙沙聲響。

「哎呀，老大該不會踩到垃圾了吧。」

霸修抬起腳一看，原本沾在腳上的東西就「啪」的一聲落到地面。

一疊髒兮兮的紙張。

「真是的，就算世上變和平了，亂丟這種東西還是不對耶！丟垃圾的人以為有多少勇士長眠於此啊！即使從獸人的觀點，對那些為了收復這裡而戰的英靈也有失禮貌……哎呀？」

「怎麼了嗎，捷兒？」

2.布萊月刊

「呃，這東西……這本雜誌是……！」

捷兒把尺寸差不多跟自己一般高的雜誌舉到半空，唸出了上頭的報導。

『想追他就靠這六大法則！』

『如何挑選一輩子都不會後悔的結婚對象。』

『一百項受女生青睞的精選常識！』

『事到如今問不出口的獸人族戀愛觀／婚姻觀！』

『求以結婚為前提的交往穿搭術（男性篇）』

沒錯，那是一本雜誌。

「布萊月刊！」

「……啥玩意兒？」

「老大不曉得嗎！這是智人族豪商布萊在戰後發行的雜誌耶！」

「雜誌？」

「就是彙整了各國新聞，以及眾人關心之事的成疊紙張呀！」

「原來有這種玩意兒啊。」

當然，半獸人國沒有這樣的讀物。

半獸人這個種族就連繪畫之類的文物都沒有。

2.布萊月刊

「而且，這還是專門談戀愛及結婚的特刊喔！」

「什麼意思？」

「哎喲，老大好遲鈍喔！換句話說，豪商布萊收集了各種戀愛及結婚的相關情報，都刊載在這上面！」

「可信度高嗎？」

「這還用問！要說到布萊，他原本可是智人情報部的頭號菁英耶！」

「那個布萊嗎……！」

跟獸人或矮人族相比，智人族是孱弱的。

話雖這麼說，他們又不像精靈一樣在魔法方面具備高資質。

儘管如此，智人卻居於四種族同盟的盟主之位。

為什麼？

那是因為他們比精靈還要聰明，重視智慧與知識甚於一切的他們擅長情蒐。智人的情蒐能力驚人，在戰場上不知道逆轉了多少次劣勢。

先前的「殺豬屠夫」休士頓，還有「絕命者」布里茲．克葛爾，也都提供了極優的情報給霸修。

沒錯，智人的情報是寶貴而有價值的。

再提到豪商布萊。

「豪商」之名是不太響亮，但他的另一個名號「紙上魔術師布萊」可就無人不曉。

覓途獲取敵軍重要情資，再將伏兵位置布署於桌上的軍略圖。

最後為眾人帶來的便是勝利。

身為半獸人的霸修對這方面不甚了解，但也聽過惡魔族將軍感嘆過好幾次「又輸給布萊了」。

絕不會站上前線，在擅長處理情資的智人族裡卻能擔任首腦的男子。

那就是布萊。

七種族聯合除了惡魔王格帝古茲，無人能智取這名男子。

然而，將納札爾王子等人組成的敢死隊派往討伐惡魔王格帝古茲的人，也是布萊。

這樣一個男人在和平的新時代做起了生意，內容正是提供眾人想要的情報，以戀愛及結婚為題的特刊銷路尤佳。

「提到布萊，就是那個靠著完美策略從我們手中摘下勝利的男人喔。」

「換句話說，我只要照布萊在這本雜誌上寫的情報去做……」

「老大就可以輕鬆討到老婆了！」

霸修拿起了雜誌。

2.布萊月刊

宛如魔法師發現了記載禁術的魔法書，他的手一陣顫抖。

「沒想到竟然會有這種玩意兒……」

雜誌；戀愛／結婚特刊；事到如今問不出口的獸人族戀愛觀／婚姻觀。

自己當下需要的正是這個。

儘管霸修對於不明白的事從來沒有「事到如今問不出口」的想法，但既然獸人族都認為事到如今沒有人會問，大概也沒有人肯教他吧。

眼前自己手上就握有如此的情報。

（以往我是有好幾次在開戰前就篤定會贏的經驗……）

霸修經歷了眾多戰役。

成為新兵時，他並不懂兩軍交戰有所謂的趨勢。

但隨著經驗累積，霸修就逐漸看得出是哪一方占優勢、哪一方居劣勢了。

當然，霸修只是看得出趨勢，並不足以斷言哪一方會贏……話雖如此，他還是可以明辨戰局轉換的瞬間。

終戰前夕，霸修在兩軍即將交鋒的時間點，心裡對於哪一方會贏就大致有底了。

目前他有的正是那種感受。

「總覺得感觸好深喔。雖然發生過許多狀況，老大討到老婆的日子一近，我也跟著感慨起來了。」

捷兒同樣身處那樣的感受當中。

「是啊。」

霸修「呵」地笑了出來。

離開半獸人之國以後，他一路尋遍了智人、精靈、矮人之國。

這裡是赤色之森，仔細想想……自己走得可真遠。

「話雖如此，越是覺得會贏的時候越不能疏忽。我們要提高警覺。」

「沒錯！就算用了再厲害的必勝戰術，要是使用者自己大意，照樣會打敗仗！」

「正是如此。」

「話又說回來了，為什麼會有雜誌丟在這種地方呢？還是智人的雜誌……」

丟棄雜誌不會有特別的理由，讀完的人沒想太多就扔了。

可是，哥兒倆卻不這麼想。

因為他們沒辦法想像這種寶貴的東西會被無謂地丟棄。

其售價約同於勞動一小時的工酬，更是他們作夢也想不到的。

「……難道，是剛才那個男人丟的？」

「啊，老大說得對！肯定是那樣沒錯！既然他是智人，身上就算帶著智人的雜誌也不奇

2.布萊月刊

怪！」

霸修想起了在國境附近遇見的那個男人。

愛與和平的使者埃洛爾，身上帶著某種不可思議氣質的男人。他恐怕是聽見霸修與捷兒對話的內容，就故意把雜誌掉在這裡了吧。

畢竟他可是「愛」與和平的使者。

「下次再遇見，我得向他道謝才行。」

「就是啊！」

哥兒倆感謝起不僅在國境出言相助，甚至還提供這種東西的他。

對方一定會困惑吧。實際上他根本就沒有丟下雜誌。

「捷兒，所以上面寫了些什麼？」

「呃～～我看看喔……呃～～事到如今問不出口的獸人族戀愛觀／婚姻觀……求以結婚為前提的交往穿搭術……噢噢，上面寫的都是很棒的情報耶！有這東西的話，要討到獸人族的老婆簡直易如反掌！」

「真的嗎！」

在進城前拿到一本堪稱祕笈的雜誌，使得哥兒倆大為振奮。

那裡面滿載了霸修正想要的情報。

「呃～～首先是最近的獸女流行趨勢……」

「嗯……」

哥兒倆進一步詳讀內容。

他們表情嚴肅，假如有毫不知情的人看見，眼裡應該會出現軍師們為扭轉死局而在會議上研討策略的幻覺吧。

雜誌到手的霸修前途光明。

■ ■ ■

獸人國，首都利康多。

儘管名為首都，這裡卻是一座相對較新的城鎮。

戰後要將長年使用的要塞拆除，再整頓出可以住人的環境便費時一年。人們移居至此各自生活已過了兩年。城鎮裡煥然一新，全都整齊有序，卻依然讓人覺得有幾分空虛。

城鎮環境固然如此，不過獸人族都樂意居住。先有相當於王室的王階種在這裡擇地築居，後更有獸人的貴族階級亦即高階種跟風。

景仰他們的中階種，還有失去住所的低階種也隨之效法。

2.布萊月刊

留在青色之森的高階種提供了豐厚補助給這些願意住到利康多的人。

為什麼他們會執著於這塊地方？

那是因為這裡對獸人們而言就是聖地。

他們信奉的利康多教發祥於這塊土地，聖樹也聳立於這塊土地。

對獸人族來說有其特殊意義。

正因為利康多是這樣的一座城鎮，對待外人也就相對寬容。

這地方固然稱作聖地，但是獸人族都團結一心，點燃了非得讓城鎮再次興盛起來的熱情之火。

三公主伊瑞菈舉辦婚禮亦可說是復興運動的一環。

首都利康多在戰爭結束後三年就變成了如此美好的城鎮，變成了夠格稱作獸人族聖地的所在。

這場婚禮兼有宣揚的功效。各種族的王侯貴族都將受邀到場，在各國民眾間也大舉做了宣傳。適逢三公主成婚之喜，無家之人可免費入住旅館，挨餓者可獲得免費的食物，找不到工作的民眾也會有專員提供差事。

眾人只管慶祝就對了，沒別的。

這是場慶典。

正因如此，保護利康多的衛兵對於城內騷動很敏感，不過他們對來客倒是寬容。智人、精靈與矮人自不用說，蜥蜴人、哈比、妖精也一樣歡迎，到最後連魅魔族及惡魔族都能無條件獲邀進城。

半獸人除外。

「你……」

立於城鎮入口的士兵望見在人潮中有綠膚長牙的種族沿路走來，差點就出聲喊了對方。

然而，他沒能多說什麼。

這是因為那名半獸人的衣著打扮無懈可擊。

首先，對方選擇了獸人國居民常穿的開襟服飾。材質為毛皮而非布料，恐怕是取自青紋狼的皮，卻與半獸人的綠色肌膚莫名相襯。

再者，對方是挑克登樹的樹皮當腰帶，背後長劍裹著鱗兔毛皮，腳上則穿了一雙用大食人草藤蔓編成的鞋子。

還不只這樣。儘管只有一絲絲，對方散發著花香味，聞不出半獸人特有的腥臭。因為他洗過澡，並在身上擦了香水。

那儼然是獸人族的正式裝扮。

獸人族平時都穿素材為麻或綿的服裝，不過在重要的典禮之際，他們就會抱持對狩獵之

2.布萊月刊

神的感謝，將全身衣飾統一成動物製品。

「你、你、你……」

士兵不禁失去了言語。

半獸人休想通過！拚上我們原為重裝犬兵團的名號！

那是士兵們並未公然說出口，但內心懷有的共識。

不過，以往可有穿著打扮如此完美得體的半獸人來過城裡？

可有半獸人像他這樣，對獸人族的文化配合至此？

沒有。何止如此，連智人或精靈都不會特地穿獸人族的正式服裝到場。

那並非過錯。

儘管並非過錯，各國政要若願意配合獸人族的文化，對獸人族而言確實是件可喜的事。

而這名半獸人就穿了那樣的服裝。

那是一眼便可看出他從半獸人國千里迢迢來參加獸人典禮的服裝。

體諒到獸人族靈敏過頭的鼻子，他甚至還擦了香水。

「我要通過嘍？」

「啊，好的！」

看門的士兵原本亦懷著若有半獸人來，即使付出生命也不放行的念頭。

可是，這名半獸人的打扮如此得體，又表現得如此貼心……士兵便什麼都無法做，也什麼都無法說，只能目送他進城了。

3. 氣氛絕佳！人多又能喝酒的地方！

三公主舉行婚禮之日在即，首都利康多滿是人群。

儘管有各類不同的種族，最多的還是身為國民的獸人。

在他族眼中，獸人應該稱得上特色豐富。

其成員從貌似站直步行的走獸，一直到形同長了獸耳的智人都有。

他們身為野獸的特徵也五花八門，像狗的、像貓的、像兔子的；頭上像鹿一樣長著犄角的、體格壯如熊的；此外，也有人兼具多種特徵……

對當事的獸人族來說，頂多只把那當成鼻子大、睫毛長、頭髮帶捲看待，可是對不熟悉獸人的其他種族而言，那多彩多姿的外表應該就顯得異樣了。

據說這些特徵在戰爭初期並未出現。

當時人人都有著完全接近於野獸的外貌。

然而，隨戰爭越趨激化，獸人族開始與智人、精靈及矮人產生交流。

結果獸人族的特徵就逐漸淡化了。

有道高大身影走在這樣的人群當中。

路上行人們一看到那道身影就會訝異地瞠目，並在對方經過後回頭多看幾眼。

「話說回來，老大，像這樣觀察以後，會發現獸人也有好多種耶。」

「是啊。」

那人就是霸修。

他按照雜誌所教的換了一身衣服，正走在街上。

霸修認為自己準備了完美無缺的服裝。

根據情報來採取作戰行動，這是他在戰時一再重複的行為。

惡魔王格帝古茲在世時，作戰內容更是精細入微。

照作戰行動就能掌握勝利；作戰若有些許出錯或打馬虎眼，那就會敗陣。

格帝古茲死後，抑或在雷米厄姆高地決戰的那段時期，由於霸修本身變得太強了，也就沒有必要一五一十地遵守作戰內容，但他仍然明白完美執行作戰的意義。

所以，霸修全照著雜誌說的去張羅。

既然雜誌寫到「時下最有異性緣的服裝！」，他便跑遍赤色之森，打算獵捕野獸取其毛皮……卻碰巧遇見遭到魔獸襲擊的旅行商人並救其脫險。商人再三致謝，還出讓了跟雜誌上一模一樣的服裝給他。非但如此，連尺寸不合的衣物都熬夜趕工幫忙修改得合身了。

3.氣氛絕佳！人多又能喝酒的地方！

因此服裝完美無缺。

「老大想找什麼樣的女孩呢？野獸味太濃的話，果然就不討人喜歡吧？」

「我不打算挑三揀四。」

霸修對獸人族沒有特殊的偏好。

無論像智人或精靈，還是外表接近狗或貓，只要是女的就沒問題。硬要說的話，感覺像矮人或蜥蜴人那樣就不太合胃口。

「不過，我還是覺得近似智人或精靈比較好。」

霸修這麼嘀咕了一句。

他回想起先前在克拉塞爾遇見的茱迪絲、在席瓦納西森林遇見的桑德索妮雅，還有在多邦嘎地坑遇見的普莉梅菈等人。

她們個個都美麗可人。

霸修也希望現在就把她們全部娶回去，然後跟每個老婆各生五個小孩。

錯過的魚總會覺得特別大。

「我就知道是這樣！倒不如說，像野獸的獸人都好野蠻！呼氣的味道臭，又動不動就想吃我！啊，老大，剛才那個獸人你看見了嗎！他盯著我耶！連口水都流出來了！」

霸修朝捷兒說的方向看去，確實有流著口水的獸人族。

雖然說對方的視線是盯著捷兒後頭一間賣烤肉的店。

「哎，反正要結婚的不是我，所以沒關係啦！走吧，老大！我們就照雜誌上寫的，先去氣氛佳的酒吧！」

「好！」

哥兒倆準備去首都利康多最有人氣的酒吧。

為什麼要去那種地方呢？原因出在雜誌上所寫的一段文字。

上頭是這麼說的：

「【氣氛絕佳！】在人多又能喝酒的地方，悠然示好求愛吧！【夜間酒吧特輯】」

與其兩人獨處，獸人族的女性似乎更喜歡在人數眾多的地方接受追求。

因此，霸修在利康多找好旅館下榻後，立刻就前往決戰之地。

對，他要去雜誌上寫到的在首都利康多人氣第一的酒吧！

「……唔？」

「哎呀，這聲音是……」

就在此時，有令人不快的聲音傳進哥兒倆耳裡。

聽起來像在殺豬聲與殺牛聲中間的不協和音。

在動指撥彈之間，彷彿有什麼不堪入目之物見了光的雜音。

3.氣氛絕佳！人多又能喝酒的地方！

「嘿嘿嘿～～耶耶～～♪和平～～真是好～～♪大家～～相～～親～～相～～愛～～～～耶～～♪」

再加上糟糕透頂的歌藝。

路上行人都捂著耳朵，板起臉孔，並且從他面前經過。

「咦，那不是埃洛爾先生嗎！」

哥兒倆的恩人。

於國境出言相助，還把雜誌帶給了霸修，那個愛與和平的使者埃洛爾。

他坐在路旁，神情完全陶醉於自己唱的歌。

「埃洛爾！」

霸修搭話以後，他便抬起臉，睜大了眼睛。

「哦？噢噢！」

於是埃洛爾立刻起身，來到霸修跟前，把霸修從頭頂到腳尖仔細打量了一遍。

「這位是霸修大人！我幾乎認不出了呢！」

戴著面具的臉無法窺見表情，聲音倒是充滿了詫異與歡喜。

聽來像是原本毫無期待，對方表現卻超出自身期許，才會有這種語氣。

「哎呀哎呀，我還想怎麼這麼慢，原來你去張羅了這套衣服！不愧是半獸人英雄！思慮之深簡直不像半獸人呢！哎呀哎呀，超乎我的預料！」

「多虧有你。你幫了大忙。」

「你是指國境那件事嗎？沒什麼沒什麼，那是應當的！一塊走吧！讓我來帶路。」

埃洛爾說完就一臉欣喜地牽起霸修的手，拖著他要走。

「慢著，你打算去哪裡？」

「怎麼還問去哪裡……」

「我啊，接下來有地方要去。」

「有地方要去……？」

「對，那是個人多又能喝酒的地方。」

霸修這麼說完，埃洛爾一瞬間愣住了，但他不久便會意似的笑了出來。

「哈哈哈，這說法有意思呢。但是不要緊，我們要去的地方一樣！」

「唔？」

「你也是為此而來的吧？」

這男的為什麼會知道霸修要去哪裡呢……捷兒飛來霸修的耳邊，回答了這個疑問。

（老大老大，仔細想想，把雜誌帶來給我們的就是這一位，那他當然料得到我們要去哪裡啊。）

3.氣氛絕佳！人多又能喝酒的地方！

（嗯，這倒也是。）

（他帶我們去的地方，反而有可能比雜誌上寫的更好喔。）

（原來如此！）

霸修接受了捷兒的說法，便轉身面對埃洛爾。

「沒錯。能麻煩你帶路嗎？」

「請交給我吧。」

在埃洛爾帶領下，霸修開始朝首都利康多的中心地帶移動。

■ ■ ■

霸修被帶到位於首都利康多中心的巨大宮殿中庭。

如此金碧輝煌的空間，霸修以往從未見識過。

建造於宮殿中庭的庭園裡搬了張大桌進來，上頭擺有如山高的菜餚，而待在那裡的人們同樣衣著光鮮，都用金銀珠寶等飾品打扮。

光用看的幾乎就令人眼花撩亂。

埃洛爾帶霸修來到這裡，便向他交代：「那麼，我會四處跟人寒暄。你就歇一歇吧，放輕鬆，還可以一邊品嘗菜餚呢。」然後匆匆地不知道去了哪裡。

霸修與捷兒被留在原地沒人理會。

「怎麼辦啊？老大，這裡不是我們原本的目的地吧？」

「……不過，條件都齊了。」

這裡並非雜誌上所寫的地方，連酒吧都不是。

不過，人很多，而且似乎也可以喝酒。

「這樣的話，我該做的只有一件事。」

在戰場也是這樣。

移動途中有事前聽說要去的戰場，卻被帶到不一樣的地方，這種狀況可多了。

被迫置身的處境與原本聽聞的戰況有異也算常常發生。

而霸修在所有戰場都活了下來。

正因如此，霸修有他的想法。就算跟預料的不同，既然目的一致，該做的事也就一致。

「捷兒，雜誌上是寫到酒吧以後要做什麼？」

「要在優質酒吧點果實釀的紅酒舉杯，等女性來邀自己……老大，這就是雜誌寫的必勝法。」

「原來如此。」

3.氣氛絕佳！人多又能喝酒的地方！

霸修張望四周，確認過桌子一角有擺自己要的酒，就把它拿到手上。

裝在小玻璃杯的水果酒。

容量讓人覺得喝了等於沒喝，但這次的目的不是買醉。

霸修把酒拿在手裡，並且名符其實地舉著酒杯在會場角落歇腳。

交給體魄過人的霸修一拿，斜舉的酒杯宛如從最初便定好了物理法則，文風不動。

當然，他不會把酒含進口中。

因為雜誌裡並沒有寫到要喝酒。

「話說回來，這裡好驚人喔！以前我也有混進智人舉辦的派對幾次，卻是第一次看到這麼豪華的排場！雖然說，傳聞獸人族一向缺錢，原來他們會用在這種地方啊。咦？該不會就是因為辦了這種活動，所以才缺錢？」

「或許吧。」

「哎，錢的事情無所謂啦！老大，我們要順利釣到女孩子！」

霸修與捷兒這麼說完，就朝周圍的人群看了一圈。

種族多元多樣，但是獸人與精靈特別多。次多的大概是智人，矮人則不算多。

任誰都頻頻瞥向霸修這裡，然後露出納悶的神情。

臉色彷彿在問：咦，半獸人待在這沒問題嗎？

「嗯～～照我這麼一看，這裡好像以身分顯赫的人居多耶。」

「是嗎？」

「畢竟衣服都光鮮亮麗啊。」

看上去也有不少獸人族男性穿著跟霸修類似的服裝。

然而，若提到女獸人、精靈及智人，就人人穿著以棉或絹為素材的衣飾，而且多會配戴飾品將自己打扮得珠光寶氣。

霸修當然分不出服裝有什麼差異。

不過，這裡是派對會場，看就曉得男男女女都笑容滿面地歡談著。眾男露出好色的笑容將女性包圍住，女性也看似滿意地以笑靨回應他們。那些女性所穿的服裝則露出了一大片胸口與大腿。

在場男性，尤其是智人的視線都盯著胸口，而霸修的視線同樣自然而然就被胸口吸引過去，呼吸也變得急促。

「人這麼多，視線忍不住就會被勾走。」

女獸人都顯得很有魅力。

之所以如此，是因為她們穿了胸口開敞的服裝吧。

裸露肌膚使她們怎麼看都迷人。

3.氣氛絕佳！人多又能喝酒的地方！

「不行喔，老大，這次要採取被動。你又不是新兵，無視待機命令直搗而去的話，『半獸人英雄』之名會哭泣的！」

「我懂。」

這次霸修不會主動過去搭話。

雜誌上有寫，要專心等待。所以霸修會等。

順帶一提，霸修對此不太明瞭，不過當中是有理由的。

獸人是女性優位的國度。王是女性，要職也多由女性擔任。自古以來族群就是由雌性負責領導，這是他們的歷史，也是文化，更有多夫一妻的制度存在。

如此的獸人族談起戀愛，就與智人大相逕庭。

很顯著的是男方追求女性所用的方式。

為了表現自己的強大，他們會在城外打獵，然後把取自獵物的素材穿到身上，等著女性來攀談。

在戰爭中，也有很多人打倒了半獸人或惡魔，就把他們的尖牙或角配戴在身上。

據傳女性若能將更多更強的男性納為夫婿，在族群裡的領導地位便會提高。

「等好久都沒有人過來搭話耶。」

「捷兒，不夠沉穩的是你。伏擊這回事就是要花時間。」

「唉～～誰教我是妖精中的妖精呢。我不擅長靜靜等待啦。只要靜靜不動，在我內心屬於妖精的部分就會開始細語：你背後的翅膀是用來做什麼的？要展翅高飛就趁現在。啊，還是老大想再聽一遍？當年我在半人馬溪谷有多猛——」

當捷兒想聊自己在霸修仍未上戰場時，曾有過什麼英勇事蹟的時候……

「呀啊啊啊啊啊啊啊啊啊啊啊啊！」

有尖叫聲傳出。

「發、發生什麼事了！」

捷兒叫著左右探頭環顧四周。

於是，周圍的視線儼然都集中在捷兒這邊。

這也無可厚非。捷兒是妖精界的超級巨星，若他談起當年勇，任誰都會尖聲叫好。

「有半獸人！」

錯了。

有個身穿絹織衣物，像山賊一樣披著虎皮的女獸人伸手指向霸修。

在場每個人都注視著霸修。

畢竟霸修是半獸人界的超級巨星，這也無可厚非……

「為什麼半獸人會出現在這裡！」

3.氣氛絕佳！人多又能喝酒的地方！

「喂，有半獸人在侵犯女性！」

「衛兵！衛兵在哪裡！」

「把他攆出去！不，先圍毆一頓再說！」

女子發出尖叫聲，讓現場瞬間鼓譟起來。

有人想遠離霸修，有人想叫衛兵，有人捋臂捲袖朝霸修而來。

儘管反應有許多種，霸修總還是了解自己並不受歡迎。

「你們等等！這一位可不是普通的半獸人喔！容我惶恐介紹，我們老大在先前戰爭立下了過人的戰功，他是半獸人族的巨擘，更是地表上唯一被賦予『英雄』稱號的最強半獸人，基本上老大跟我會出現在這裡，也是因為有人帶我們來的啊！你們看，就是那個戴著面具，名字叫埃什麼的……」

捷兒試圖辯解，卻沒有人聽得進去。

霸修漸漸受到包圍。遺憾的是，包圍他的人全是男的。

「怎麼鬧哄哄的！究竟在吵些什麼？」

這般情況下，有聲音從會場裡傳了出來。

霸修轉頭望去，便發現有三個讓人看得吞口水的美女。

三人的野獸度各有不同，卻都長著豐滿胸部與肉感大腿，身上穿的服裝更是比在場任何人都亮麗。她們一看見霸修，頓時停下了動作。

「公主大人，您來了……」

「為什麼有半獸人在這個會場？」

「請您放心，我們會立刻把他轟出去。」

公主大人。聽到其稱謂，霸修的記憶裡浮現了某個字眼。

獸人族六姬，獸人女王生下的六名美姬。傳聞這六位公主皆為絕世美女，而且既強大又聰穎……

「……真美。」

實際上，眼前這三人也都是超乎霸修想像的美女。

生著黑貓般的毛色與金眼睛，體態婀娜的公主。

生著柔順毛髮與黑眼睛，體態豐滿的公主。

生著看似較硬的毛髮與藍眼睛，體態結實如獵犬的公主。

三人各有特色。雖說是姊妹，野獸度也各異，但要稱作美女應該任誰都會認同，與風評並無相左的三位美姬。

不過，她們三位根本沒有把霸修那句話聽進去。

看見霸修，讓她們睜大了眼睛。

3.氣氛絕佳！人多又能喝酒的地方！

三位公主直到前一刻都還帶著的微笑已然消失，瞳孔隨之縮得細長。

「你是……」

三人當中有一人嘀咕了那個名字，原本鼓譟的人們頓時停住了。

停下來的全是獸人族。

精靈與智人縱有混亂與困惑，倒不會像他們那樣鼓譟。

接著，混亂停歇的獸人族眼裡掀起了另一種情緒。

每個人都用惡狠狠的視線對著霸修。

憎恨的視線。

「不認得其相貌的人雖多，在場可沒有不曉得其名號的人。」

公主們走到霸修面前。

與此同時，疑似護衛的壯漢們也為了保護她們而上前。

他們臉上同樣掛著憎恨的表情。

同時，他們發現自己挑釁到不該挑釁的對象，似乎都在感受對於死亡的恐懼。

「你是『半獸人英雄』霸修！殺了獸人族勇者雷托——殺了我們舅舅的人！」

◆　◆　◆

勇者雷托。

他是在雷米厄姆高地與惡魔王格帝古茲交鋒，進而榮譽戰死的英雄。

對外宣稱的說法是如此，真相卻略有出入。

勇者雷托確實與惡魔王交手過。

智人族王子納札爾；精靈族大魔導桑德索妮雅。

獸人族勇者雷托；矮人族戰鬼多拉多拉多邦嘎。

此外，還有十幾名夥伴與他們一同深深潛入敵陣，與惡魔王交戰，並將其打倒。

犧牲莫大。包括戰鬼多拉多拉多邦嘎在內，敢死隊幾乎全數陣亡。

然而，格帝古茲殞命時，雷托並沒有死。

儘管全身是傷，他依然活著。要說的話，應該比耗盡魔力而昏厥的桑德索妮雅還要有活力。

可是，敵人在那時候出現了。

一名半獸人。

當時盛傳於戰場上的綠色惡魔。

日後的「半獸人英雄」——也就是霸修。

3.氣氛絕佳！人多又能喝酒的地方！

納札爾與雷托曾想與他一搏。

然而，對手可是霸修。即使強如獸人族勇者、智人族王子，也不可能拖著滿身傷勢戰勝他，一瞬間就被打發了。

假如桑德索妮雅醒著，或者多拉多拉多邦嘎還活著，也許事情就會不一樣了。但是納札爾受了傷，雷托的體力也已經到達極限。

何況那裡是敵陣的中央，倘若花費長時間作戰，可以想見又會有別的敵人湧來。

因此勇者雷托開了口：

『這裡交給我，你們先走。』

納札爾聽從了這句話。

必須有人回去。

假如沒有人告訴大家格帝古茲已經被打倒，他的死就可能遭到掩蓋，變得只有傳出四種族同盟強者陣亡的噩耗。

那樣一來，四種族同盟的戰意將跌落谷底，令戰況惡化，瞬間便會被敵軍壓垮吧。等到辨明格帝古茲已死就太晚了，屆時四種族應該早就全數滅亡。

非得避免這種事才行。

納札爾揹著桑德索妮雅突破敵陣而出，成功回報了戰況。

結果，四種族同盟在雷米厄姆高地的決戰獲勝了。

而且日後……在戰場故址發現了雷托的遺骸。

武器被打斷，軀體遭到一分為二，死狀甚慘的遺骸。

勇者雷托。

雷托．利跋葛多，獸人王室利跋葛多家的王弟。

受全體王室成員敬愛的男子……

其名號理應轟動全大陸，卻連首級都沒有被取下。

對獸人族來說，敗北並非恥辱。

誰能戰勝知名強者，榮譽便歸其所有。信奉狩獵之神的他們是以打來的獵物為糧，若被獵物打倒淪為食物，在他們的觀念中也能接受。

從獸人不獵食人類算起已經過了數千年，即使如此，在戰鬥當中敗陣，被對手斬首領功，對他們而言並非可恥之事。

能讓打敗自己的敵人感到驕傲，對獸人來說反而算是一種榮譽吧。

可是，雷托的屍首卻被棄之不顧。

敵人甚至沒有拿去領功，簡直把他當成小卒看扁了。

被打倒的英雄理應帶給對方榮譽，屍首卻像尋常廢物一樣原地腐化。

3.氣氛絕佳！人多又能喝酒的地方！

因此，獸人王室痛恨霸修。

輕視雷托之死的霸修令他們由衷憎恨。

從那天起，霸修成了獸人王室的仇敵。

只要是獸人族的一員，任誰都知道這件事情。

而且，在雷米厄姆高地活下來的戰士亦然。

◆◆◆

如此的仇敵出現，場面不可能獲得平息。

公主情緒激昂，熊熊怒火針對霸修而來。

「『半獸人英雄』！你為什麼會在這裡！」

「……我聽說三公主將要結婚。」

「然後呢，你厚顏地現身於此，就是要侵犯我的妹妹伊瑞菈嗎！我等的仇敵！」

「我倒沒有那種意思……」

「痴心妄想！難道你以為我們會任由你放肆嗎！我要將你剖屍扒皮，一雪我獸人族的憾恨！」

公主這麼放話以後，就從懷裡拔出劍。

「沒有錯！敢在這裡出現，你氣數已盡！」

「即使自知敵不過你，我們不報這個仇，又有誰能報！」

另外兩位公主也跟著附和。

一瞬間，霸修被三名美女圍住了。不太令人開心的包圍方式。

而在四個人之間，有一隻妖精飛來飛去。

「麻、麻煩妳們等一下！或許我們老大確實殺了雷托，可是當時的戰局一片混亂，他也是不得已啊！當時戰場上就是有一堆亂象。大家也都明白吧！像我也不知不覺就昏了過去，醒來時還以為自己到了冥府。實際上，我的戰友也死了好多個……」

「那與我等何干！」

沒有人制止。

公主們隨時準備與霸修動武，舉在腰際的劍蓄勢待發。

「我可沒有爭鬥的意思……」

霸修不太懂事情怎會演變成這樣，更不打算與眼前的美麗女子們廝殺。

可是，既然獸人真要拚上名譽與驕傲動武，他就得拚上半獸人的名譽與驕傲應戰，而且非贏不可。

3.氣氛絕佳！人多又能喝酒的地方！

霸修把手伸向背後的劍。

「老、老大？你要跟她們打嗎！假如殺了獸人的公主，戰爭又會爆發喔！」

「我知道，但我殺了勇者雷托是事實。」

「可是……」

一觸即發。

在場有幾個人目睹事態演變至此，都繃緊了身體。

戰爭已經結束了。每個人都在設法淡忘戰爭中的仇恨，想讓自己往前進。獸人公主與精靈族軍人結婚，理應也是其中一環。

明明如此，半獸人英雄與獸人公主怎會想在這種場合起爭執呢？

萬一有誰喪命，不就又要回到戰爭狀態了嗎？

半獸人英雄似乎不太想奉陪。

仔細觀察的話就會發現公主的那些護衛，還有包圍半獸人英雄的獸人們都顯露出幾分遲疑。他們流下冷汗，視線到處飄移，彷彿在問是否真的要動手。

只有公主們打算動真格。

她們毫未掩飾殺氣，隨時都會持劍砍向霸修。

「……唔！」

當公主們在雙腿使勁，準備蹬地衝去的下一個瞬間。

「眾人聽著，告訴我，這是出了什麼事？」

銀鈴般的嗓音響遍四周。

「……今晚是可喜之日。明明這是要慶祝伊瑞菈姊姊成婚的日子，氣氛怎麼會變得如此肅殺呢？」

霸修見狀，因而倒抽一口氣。

（多麼……嬌憐啊……）

來者同樣是個美麗的少女。

體格嬌小，卻有著豐滿的胸脯，還有只要是男人看了都會愛不釋手的腰肢。

相貌接近於智人，不，精靈才對。

鵝蛋臉上有著細長的眼睛與櫻桃小嘴，還有近似狐狸的耳朵。

其身段有如潺潺流水，讓人感受到她的清朗高潔。

「希爾薇亞娜……因為有不速之客。在這個令人欣喜的日子，卻來了一名眾所不喜的匪類……」

3.氣氛絕佳！人多又能喝酒的地方！

「對啊。」

「殺了雷托大人的那個男人。」

「咦咦？照妳們的意思，這位就是『半獸人英雄』霸修大人嗎……？」

希爾薇亞娜。

被這麼稱呼的少女掩著嘴，看似困惑地看向霸修。

接著，她將眉毛顰成八字，哀傷地說道：

「王姊們，可是戰爭已經結束了啊。我們確實對半獸人、對羞辱雷托舅舅的那些人懷著怨恨一路走了過來。然而，我們已經像這樣復興聖地，伊瑞菈姊姊也即將成婚，現在是和平的時代了。」

「沒想到，居然會聽到妳講出這種話……」

「霸修大人會千里迢迢來到這裡，也是為了賀喜伊瑞菈姊姊結婚以及獸人的榮耀，難道說，我們不該用寬厚的心饒恕他嗎？」

「為什麼妳敢那麼說？」

「看服裝就知道。」

聽她一說，眾人看了霸修的服裝。

的確，他那身行頭並不是半獸人會有的打扮。

霸修身穿獸人族的正式服裝，手裡舉著裝滿酒的玻璃杯。

玻璃杯裡頭是滿的，由此可見他恐怕連一滴都還沒喝。

半獸人喝了酒大多會鬧事，所以他有所克制。

任誰都看得出。

他不過是來慶賀獸人的三公主成婚，如此而已。

「還是說，我們獸人王室心胸狹隘到連這都不能容許呢？」

公主們似乎對希爾薇亞娜說的話有些茫然。

希爾薇亞娜看她們那副模樣，便嘻嘻笑了笑。

「更何況——」

她靜靜地瞇起眼睛，望向霸修。

霸修不太能理解事情的發展而感到困惑，希爾薇亞娜便趨上前去。

「聽說雷托舅舅死於半獸人之手，我原本想像的可是更加醜惡的人物，但你看起來既有男子氣概又誠懇，不是嗎？」

接著，她把手湊到霸修強壯的臂膀上，悄悄地依偎過去，然後說道：

「我啊，對你一見鍾情了喔。」

霸修的春天來了。

4. 首都利康多人氣第一的酒吧

會場發生騷動後過了幾個小時。

『——看在我戀愛的分上，請大家放過這位男士。』

名叫希爾薇亞娜的公主藉這句話，讓現場得到了平息。

話雖如此，霸修被獸人王室怨恨這一點仍無庸置疑，他便從會場離去了。

霸修在離開之際才得知那裡是利蓋恩王宮。

是三公主伊瑞菈在婚禮前宴請來賓的場所。

各國貴族及王室成員齊聚，宴會連日召開。

埃洛爾怎麼會帶霸修去那裡？基本上，他為什麼靠一張臉就能通行呢？

沒有人對此感到疑問。

因為埃洛爾帶兩人進王宮一事就只有霸修與捷兒哥兒倆知道。

半獸人與妖精都屬於不拘小節的類型。

倒不如說，霸修心裡同時懷有感謝與感動。

穿上雜誌所寫的服裝，然後去雜誌所寫的場所，結果就像雜誌所寫的一樣，釣到了極品女子。

獸人國的五公主希爾薇亞娜．利跋葛多。

容貌近似智人的絕世美女竟然表明自己對霸修一見鍾情，還把豐滿胸脯朝霸修的臂膀貼了過來。

她送霸修到會場出口以後，嘴就湊到霸修耳邊，用光聽就讓人好像要融化的嗓音說：

『我們下次再見吧。』

然後朝霸修的臉頰獻了吻。

明顯對霸修有意思的舉動足以讓他滿懷期待。

這個極品獸人女想跟自己建立戀愛關係——霸修這麼認為。

多虧如此，霸修的小老弟覺得自己總算有機會出馬了，正高高地抬起頭。

即使說他把那個極品獸人女娶來當老婆的日子已經開始倒數應該也不為過。

以往找老婆的行動可有這麼順利過？

不，沒有。

無論是追求智人、精靈或矮人，都沒有這麼順利過。

一切都要歸功於提供雜誌，還帶他到現場的埃洛爾。

4.首都利康多人氣第一的酒吧

雖然差點發生一點問題，從結果來看可以說都是小事。

「我得感謝那個叫埃洛爾的傢伙才行。」

「對呀。沒想到老大居然能跟那位獸人公主搭上線……」

目前霸修待在原本要去的酒吧。

他在那裡喝酒慶祝今天的成功。

「要感謝也感謝不完。聽說智人擅於蒐集情報，策劃作戰的能力更是厲害，沒想到竟然這麼驚人。」

「老大，或許我對智人這個種族有點誤解呢。本來以為他們是愛耍小聰明的種族，原來也有傢伙這麼願意為他人付出……」

哥兒倆口口聲聲都在稱讚埃洛爾。

埃洛爾在他們心中神格化，已經快昇華成信仰的對象了。

此外，在這間酒吧裡，還有好幾個感覺跟霸修類似的獸人族男子。

人人都喝著紅色的水果酒。

彷彿那是歡迎異性搭訕的象徵。

實際上有幾個男獸人身旁就坐著女獸人，彼此正在對話。

有人在霸修來之前就是那樣，而霸修到場之後，也有女人主動湊到獨飲的男人身邊。

如同雜誌裡所寫的景象。

不過，霸修並沒有打算獵豔。

畢竟他剛剛才勾搭到最頂級的女獸人。獸人有多夫一妻的制度，因此由男方找許多女性攀談是不妥的。

表示這跟追求精靈一樣，最好專注於單一目標。

從半獸人的驕傲這一點來看，霸修倒還沒考量過自己若是在一名女性身邊當男妾是否像話。

「老大，她跟你說下次再見，不知道會是什麼時候耶。」

「近期內吧。」

半獸人不會說謊，也不會便宜行事。

當然，他們也不懂所謂的客套話。

因此霸修就把「下次再見」這句話照單全收。

「話雖這麼說，老大還是不能大意。要照著雜誌寫的，慎重行事才可以喔！」

「我明白。等之後回旅館，我們再重新看一次雜誌。」

「了解！」

雜誌上面也有寫到實際跟人交往後的情形。

4.首都利康多人氣第一的酒吧

那號稱獸人族的情場必勝訣竅，一直到交尾的過程都詳載其中。

霸修打算照著那套流程跑。

畢竟那本雜誌寫的內容豈會有錯。

霸修舉杯品嘗水果酒。

將酒在杯裡轉一轉，聞過氣味再小口品嘗。

跟半獸人豪邁的喝酒方式不同，但這是雜誌裡寫到的必勝訣竅，因此霸修正在練習。

後來，時間流逝了一會。

平穩的時光。沒有人來找霸修搭話，霸修也不會去找人搭話。他跟捷兒兩個人一邊聊著往事一邊慢條斯理地喝酒。

或許在獸人族戰士當中也有人聽了霸修與捷兒的對話，心想務必要趁這個機會跟他們結識。然而，這裡是旨在讓男女相逢的酒吧，並不是給男人找男人攀談的場所，因此那些人似乎都克制住了。

「哎呀？」

從霸修身後傳來這樣的聲音是在捷兒乾了第三杯水果酒，還打算用下酒的花生與深愛的杏仁打賭決鬥的時候。

「……？」

霸修回頭望去，就發現有個美女在那裡。

不，斷定是美女會有失公允……她披著樸素寬鬆的焦褐色長袍，深深戴到眼前的兜帽與面紗遮住了臉孔。

微微露出的只有眼睛一帶。

僅能看見足以讓觀者都受其蠱惑的柔和眼睛，還有柳眉與剔透白皙的肌膚。

嘴邊用面紗遮著，頭髮都收進了兜帽當中。

從外披長袍的身影還是看得出胸與臀具備女人味的曲線輪廓，但也就這樣而已。

然而，在場每個人都有把握。

不只等著被搭訕的男子，連身旁已經有女伴坐著的男子看了她都會這麼想。

有個絕世尤物來了。

現場眾人開始坐立難安，男性們一下梳理髮型，一下端正姿勢，還調整坐姿想找個讓自己看起來最帥的角度。

到最後，甚至有人開始猶豫要不要離席過去搭話。

「半獸人居然會來這個國家，真是稀奇呢……」

4.首都利康多人氣第一的酒吧

那是女性的嗓音，口吻嫵媚動人。

與希爾薇亞娜那種讓人耳根融化的腔調不同，屬於性感的聲線。

不過那跟希爾薇亞娜的聲音一樣蘊藏魔力，能讓霸修怦然心動。

而且，那樣的聲音是朝著霸修而來。

「我好像，在哪裡見過你……咦？呃，這怎麼會，你是……不，您是……」

那聲音的主人仔細看了看霸修，然後帶著略顯驚訝的語氣來到霸修身邊。

「呃，莫非您是『半獸人英雄』霸修大人？」

「……嗯，沒錯。」

霸修在聽見那聲音的瞬間，就想起了她的事。

「是我！」

「……噢。」

「請問，您不記得我了嗎……？」

這樣的美女臉上蒙上了陰霾。

好難過，但是沒辦法，誰教自己在這一位眼中就像個廢物……如此的表情。

「我記得妳。『嬌喘的凱珞特』。」

「啊啊！我好高興！原來您記得我！」

4.首都利康多人氣第一的酒吧

美女——凱珞特露出了花一般的微笑。

著實歡喜，由衷地歡喜。瞇起的眼睛恰似利刃出鞘，細得令人無法想像。

男人看了她的笑，絕對會誤以為：「啊，這女的喜歡我。」

然而，霸修的表情很是僵硬。

「嚇我一跳。您居然在這個國家。」

「我也是，沒想到妳會在這裡……」

話說完，霸修側眼瞄向凱珞特。

凱珞特的長袍下襬有前端尖尖的黑尾巴露了出來。

仔細一看，兜帽也不自然地隆起。因為她有角。

「魅魔族不是被禁止離開國家嗎？」

「沒有，只不過我們被禁止在他國露出肌膚與頭髮，此外還有許多規範，因此並不是無法出國……」

凱珞特。

她是魅魔。魅魔族的民族服飾本來就衣料單薄，肌膚露出較多。

視情況而定，有時候她們也會將其他種族羞於示人的部位大刺刺地露出來。

不過，凱珞特穿了將那些全都掩蓋住的服裝。

「我想都沒想過竟然會在這樣的場合遇見霸修大人……像霸修大人這樣了不起的人物，怎會……啊，失禮了。只要看到現場與您的打扮便一目了然呢。」

「……」

「請別那樣瞪人。畢竟我的遭遇也跟您類似……」

凱珞特說完就瞇起眼睛。

她是在笑。由於臉孔遮著，霸修只有看見她悄悄地瞇細眼睛。

光是這樣，彷彿就有女人香撲鼻而來。

「很抱歉，我並非您要的對象，但能否讓我們同桌共飲呢？」

「我不會拒絕戰友。」

面對女人香，霸修壓抑胯下的膨脹度，保持撲克臉並表示同意。

凱珞特開心地點頭後，就動作俐落地在椅子上坐了下來。

「好久不見呢。上次見面是什麼時候了？」

「里納沙漠撤退戰之後就沒碰過面吧。」

「啊，是這樣沒錯！真令人懷念……」

「嬌喘的凱珞特」。

其性格冷酷且工心計，勇敢而又殘忍。

4.首都利康多人氣第一的酒吧

肉搏戰與魔法皆能以高水準應對，更有說法指出她曾與桑德索妮雅戰得不相上下。

凱珞特身為經年於前線奮戰的幹練魅魔，在強者雲集的魅魔軍當中被視為實力最強者之一。

她的名號在其他國也很響亮，尤其精靈軍因為她抓了最多男精靈而畏懼且厭惡她。

「呵呵，我好榮幸，霸修大人。」

凱珞特這麼說著，用自己的酒杯碰霸修的酒杯。

清脆的聲音叮噹響起。

「我也是。」

霸修說是這麼說，卻一直盡可能不看向凱珞特。

雄風過人的霸修在這麼有女人味的女性面前，怎會如此閉塞……對半獸人與魅魔之間的關係並不熟悉的智人或許會這麼想。

然而，這是無可奈何的事。

對她們來說，其他種族的男性不過是食物。靠著美麗的容貌引誘男性，再以下面的嘴巴補給營養。在她們的觀念裡，跟他族交尾終究只是用餐，而非性交。

還有更重要的一點，那就是她們並不會因為這種行為懷孕。

如果要生小孩，魅魔會找同族接吻。對她們來說，嘴巴不僅能攝取食物，還是用於生殖的器官。

總之，既然生不出小孩，要當半獸人的老婆就不適任。

話雖如此，各位明智的讀者應該也知道，霸修的真正目的在於脫處。

只要能脫處，找魅魔當對象又有什麼關係呢？想必有人會這麼認為吧。

不過，問題並沒有那麼單純。

為了說明其中理由，在此要談一件往事。

很久很久以前，距霸修出生仍有相當長的一段歲月。

當時有某個半獸人。

那個半獸人是赤紅皮膚的紅半獸人，從出生時就體格健壯，第一次拿起劍便打敗了比自己大兩歲的同族，是個前途可期的半獸人。

這樣的他初次上陣就帶了女人回來。

對方是個魅魔。他在戰場上跟一個魅魔意氣相投，聯手殲滅敵人後便直接共度了一晚，還恩恩愛愛地回來了。

那個男子就此娶了魅魔為妻。

對半獸人來說，生不出小孩的性交根本無用至極，然而那碼歸那碼，這碼歸這碼。據說

4.首都利康多人氣第一的酒吧

跟魅魔纏綿是舒服得什麼也比不上。

一如半獸人的風俗，那個男子會扒光自己的老婆向其他半獸人炫耀，還會當眾來場激烈的交尾。

能娶魅魔當老婆，享得起這種豔福的男人可不多，因此他每天都過得十分驕傲。其他半獸人看他可以任意褻玩外表姣好的魅魔，似乎也大感羨慕。

然而，那樣的幸福卻在某天迎來了終結。

身為人夫的半獸人跟平時一樣，雄糾糾氣昂昂地走在村裡，就感覺到了不對勁。

直到昨天都還跟自己正常相處的那些人好像受了驚嚇，也好像在嘲笑他，還變得有些見外，態度活像在對待什麼怪胎一樣。

男子不解地找了個朋友逼問，朋友才臉色黯然地拿了一面擦得晶亮的鏡子過來。

他探頭望向那面鏡子，上頭映著自己熟悉的臉孔。

可是，男子額頭上卻多了陌生的玩意兒。

不，他以前看過。要說的話，他也曾經指著那玩意兒大笑、嘲諷、貶得一文不值。

男子發現那附在自己身上，頓時嚇得失去血色。

那是半獸人法師身上都有的象徵

魔法戰士之印。

處男的圖徽從他額上浮現了。

……那天，是他三十歲生日。

後來男子與他的魅魔老婆去了哪裡，沒有人知道。

在半獸人社會，普通戰士變成魔法戰士會被視為一種恥辱。

哪怕當事者有任何經歷都一樣……

因此男子恐怕是無處容身而離開村子，然後死在他鄉了吧。

這件事在半獸人之間將長久流傳。不知為何，他們再怎麼跟魅魔性交也無法脫處，結論就是這樣。

非但如此，若第一次就跟魅魔做，之後再怎麼跟其他人性交，處男的圖徽照樣會浮現。

「……」

所以霸修都不向凱珞特示好。

霸修若表示想要一夜情，她肯定會欣然答應吧。

而且可以脫離零經驗。或者說，只要霸修開口要求她成為自己的人，應該也可以擁有跟故事裡出現的紅半獸人同樣的生活。

不過，那就代表身為戰士的霸修毀了。

4.首都利康多人氣第一的酒吧

更代表他身為魔法戰士的人生即將開始。

對霸修來說堪稱世界末日吧。

「真諷刺呢。我是最強的魅魔族軍人，您則是無敵的半獸人英雄，一路走來打敗了所有敵人，享盡勝利的果實，如今卻卑微得必須在這種地方找對象。」

「是啊。」

相對地，凱珞特同樣沒有過度靠近霸修。

她不會挽霸修的手臂，把胸部貼上去，或者把嘴巴湊到耳邊細語。

魅魔族可以把所有男性當食物消費。然而正因為如此，把值得尊敬的男性當食物看待便有失禮節，她們有這樣的文化。

「戰爭時代是段美好的時代。我可以盡情捕捉自己喜歡的男人，然後盡情享用他們……如今，卻活得像翻找廚餘的老鼠……」

「……」

「真想再回到那樣的時代，那個辛苦卻能活得自由、死得自由的時代……您不這麼認為嗎？」

「……」

霸修沒回答。

此時此刻，假如所有條約都被毀棄，還爆發戰爭，霸修應該就能輕鬆脫處。他大可抓走在智人國認識的茱迪絲，並且快意而活。

然而，那是天方夜譚。

此時此刻，倘若爆發戰爭，半獸人肯定會被輕易消滅。

半獸人王涅墨西斯企求的是存續半獸人這支種族。換言之，他希望和平。

既然如此，霸修就不能希望戰爭發生。

「呵呵，我說笑的……」

「是嗎？」

「不過，若有機會一同戰鬥，到時候能否再請您賜我並肩作戰的榮譽呢？」

這句話讓霸修回想起過去的戰役。

里納沙漠的撤退戰。

在那場戰役，魅魔軍被逼到絕境。里納沙漠現今為獸人族領土，但過去曾是住在沙地的蜥蜴人領土。

被敵軍奪去其領土的那一戰，則是由矮人與智人合力展開入侵。

與蜥蜴人聯手過的魅魔為了保衛同胞，便戮力抗戰。

然而，其實原居溼地的蜥蜴人大多極難適應沙漠環境。

4.首都利康多人氣第一的酒吧

至於魅魔，也並不擅長在視野開闊的沙漠作戰。

原本里納沙漠還有食人魔與哈比的聯合軍一起防守，但在格帝古茲殞命後，食人魔與哈比為了保衛自身領土都分不出心力，因而雙雙撤出沙漠。

敵軍形同趁虛而入。

半獸人則前往救援被矮人驅逐的蜥蜴人與魅魔。

可是，戰線早已瓦解，沙地的蜥蜴人與魅魔聯合軍完全遭到包圍，面臨敗亡之憂。

他們放棄里納沙漠，並且撤退的戰役……那便是里納沙漠撤退戰。

在那場戰役，霸修一如往常展現奮鬥，拯救了魅魔與蜥蜴人。

而且當時負責指揮魅魔軍的就是眼前這女人。

霸修也記得很清楚。

經過激戰以後，有人還站在自己身旁，那正是她。

彼此交談得不多，頂多兩三句話，內容都沒留下印象。

然而，在霸修記得「戰況激烈」的戰場上，很少有人能站在他身邊直到最後。

大半都跟不上而脫隊、走散或者戰死。

能跟上霸修，無非表示對方有足夠潛力，屬於可靠的一流戰士。

所以霸修很清楚記得她。

連帶想起的是每次應戰都在晃動的乳房，不過霸修拋開了跟乳房有關的記憶。

那是他當下不該想起的。

要回想的話，起碼得等到脫處後再說。

只要是在脫處之後，彼此肯定能建立雙贏的關係。

「當然了。到時候我也要拜託妳。」

「……呵呵，感謝您。」

凱珞特露出微笑。

雖然大半張臉都遮著看不清，卻能知道那是嬌美而富魅力的笑。

假如霸修不知道凱珞特是魅魔，應該就向她求婚了。

魅魔這個種族時時都散發著費洛蒙——能吸引男性，迷惑其心智的費洛蒙。

不過，只要知道她們就是那樣，霸修也能夠懸崖勒馬。

「您很勇敢呢。我還記得喔，矮人族猛將寇多多羅夫從側面突擊而來，任誰都覺得生死交關，在魅魔與蜥蜴人嚇得大喊而慌亂的局面，只有您冷靜地迎戰了對方。」

「妳也沒有逃走。」

「呵呵呵，能讓您誇獎是我的榮幸……不過，其實我跟其他人一樣，心裡頭好想逃好想逃，而且害怕不已。因為我有責任，才沒有表露出來……」

4.首都利康多人氣第一的酒吧

後來，霸修與凱珞特暢談了戰爭時代的回憶。

怕被問到女性經驗的霸修起初是有緊張過，但逐漸放開聊起自己在故鄉的酒館也沒有提及的功績與戰史了。

凱珞特是個相當好聊的酒伴。

霸修爽快地喝，爽快地談。

只要這女的不是魅魔……不，就算她身為魅魔，只要自己不是處男，應該早就直接推倒辦事了。

哪怕被當成食物，這女的也能讓人心甘情願。我想一直跟她在一起，這女的肯理解我。

有能耐讓男人這麼想是她的手腕，或許智人族的娼妓看了就明白，可是身為處男的霸修不可能會懂。

順帶一提，捷兒正跟宿敵杏仁要好地睡在吧檯上。吵過架在河邊互毆之後，他們倆現在已經變成一對。花生？那是過去的女人了。

「雖然還有許多事可以敘舊，我看就先聊到這裡吧。」

「也對。」

假如凱珞特真的有意把霸修當成俎上肉，肯定不會這麼說才對。

她應該會緩緩地靠向霸修的肩膀，將胸部貼過去，並用含情脈脈的眼神告訴他自己不小

心醉了。接著再軟語呢喃幾句，讓霸修情不自禁把她撿回去，要釣這條魚想必已經上鉤。

或者只要霸修不是處男，大概就主動開口要求跟凱珞特上床了。雖然魅魔懷不了小孩，但那碼歸那碼，這碼歸這碼。有個想上就能上的女人，不上怎麼像話，我可是半獸人耶。

「呵呵，那麼，下次有機會再敘吧。」

然而，事情並沒有發展成那樣。

凱珞特保持身為魅魔的禮節直到最後，而霸修依舊是處男。

「好。」

霸修嗅著凱珞特留下的餘香，並對這場跟女性的歡談感到依依不捨，然後就與凱珞特道別了。

5. 面具聖女歐蘭契雅珂

首都利康多中心，利蓋恩王宮。

這裡的庭園、建築、裝潢都是新的，為了即將成婚的三公主，全用金銀珠寶裝點得美輪美奐。

不僅如此。

三公主結婚的消息盛大發表後已過一個月，婚禮正緊鑼密鼓地進行籌備。

獸人族三公主伊瑞菈將與精靈族軍人托里克普多上校成親。

即使從世界的觀點來看，這亦屬一樁可喜之事。

非但可喜可賀，在兩國深化邦交連結的同時，還兼具牽制他國的用意，於政治方面也是有意義的一段婚姻。

故精靈與獸人王室各自拚上了威信，預定要讓婚禮擺出戰後最隆重的排場。

為此，雙方毫不吝惜地投注豐厚資金，召開慶典，向世界各國宣傳，從各地邀請知名的人物。

不過，當然也有人覺得不是滋味。

其中有不希望精靈與獸人國力增長的智人貴族；有難得碰上賺錢機會卻受到排擠的矮人商賈……也有跟托里克普多所屬派系敵對的精靈貴族。

■　■　■

「——換句話說，只要用這套手法就可以從推測下毒的時間導出並未具備不在場證明的嫌疑人了！沒錯！」

利蓋恩王宮的某個房間裡一片譁然。

受邀參加婚禮的各國政要齊聚，都在聽一名女子說話。

從露出的金色長髮與尖尖長耳朵來看，她無疑是精靈。

然而，其真面目被面具掩蓋著，身分不得而知。

儘管在場眾人都認得她……卻又沒人敢認。現場有這樣的默契存在。

「普昆碧麗雅。」

「——！」

而且戴面具的女子正在逼迫另一名女性。

5.面具聖女歐蘭契雅珂

剪齊的金色短髮，還有長耳朵。耳朵上戴著大耳環，卻只有其中一邊，另一只耳環被面具女子握在手裡。

「我問妳，為什麼要做這種事？托里克普多是妳的青梅竹馬吧？」

普昆碧麗雅。

被這麼叫到的女性低著頭，顫抖了一陣子。

但是，不久她便抬起臉吼道：

「妳懂什麼……！幾百年來都是處女的妳懂什麼！」

「喂，住口。」

「我從以前就一直愛著托里克普多大人！在激戰的空檔跟他私下幽會是我的心靈支柱！我始終夢想著只要戰爭結束，就可以跟托里克普多大人廝守！誰知道他居然會在這種充滿野獸臭味的宮殿，跟渾身毛茸茸的畜牲結婚！我怎麼可能容許！」

「妳說的那些跟處不處女無關吧！」

「為了托里克普多大人，再怎麼嚴酷的任務我都撐過來了！只要接到命令，無論是老人或小孩我都殺過！但我本來打算在婚後竭誠服侍他的！我愛著他！家世也不是無法匹配！明明如此，卻有人說暗殺部隊的隊長與王室通婚會有礙聲譽，還說在戰爭中曾被半獸人抓到侵犯的我身體汙穢！旁人都想逼我死了這條心，妳怎麼可能理解！」

「呃，可以理解喔。像我還不是……」

「理解個屁！就憑妳這不識愛情為何物的在室女！」

「呃，我倒希望妳能體會我敗給半獸人也沒遭受侵犯，還被指稱身上有臭味是什麼感受喔……」

「妳被那個半獸人求婚以後，明明心態就大轉變雀躍得很！」

「唔……呃……是、是啊，說得也對。嗯，我不懂妳的心情……對不起……」

面具女子流著冷汗謝罪以後，就清了清嗓。

「總之！所以說，妳是受了那些反克普多吉格派系利用，才會失心做出這種謀殺的勾當嗎？」

話說完，面具女子用指頭撥弄了一下耳環。

於是，有液體從耳環前端滴落。

邪門的紫色液體，任誰都看得出是劇毒。

「……」

「……聽著，那些傢伙八成也不懂妳的心情喔。」

面具女子體恤似的說，使得普昆碧麗雅露出複雜的臉色。

然而，她已經沒有回頭路可走了。

5.面具聖女歐蘭契雅珂

托里克普多並不在場，但自己有意暗殺獸人貴族，進而迫使婚禮中止的行跡已經敗露。前途就此斷絕。

「事已至此……」

普昆碧麗雅從懷裡掏出了短劍。

邪門而彎曲的短劍。在精靈軍的暗殺部隊中，功績突出者才會獲頒的榮譽短劍。

暗殺部隊實力最高的普昆碧麗雅釋出殺氣。

「喂，快、快點住手！別衝動！」

「我要殺了所有人！不管是伊瑞菈，或者托里克普多大人都一樣！妳、妳也在內！我不認同，不認同這樣的婚姻！我要毀掉這一切！」

現場騷動起來。

其中也有人已經拔劍，或者在手裡凝聚魔力。

就算普昆碧麗雅曾是暗殺部隊的佼佼者，她只有一個人。在場全是從戰爭活下來的強手，更不乏實力與普昆碧麗雅對等或者高於她的人。根本毫無勝算。

「聽我說，普昆碧麗雅，或許我確實不能理解妳的心情，可是，托里克普多與妳，我都是從小就認識。儘管我沒有發現妳喜歡托里克普多，不過我知道妳絕非壞傢伙！妳從以前就很強悍，還保護了軟弱的托里克普多，讓他不受欺負啊……」

面具女子所說的話讓普昆碧麗雅眼裡產生動搖。

「妳這段情沒能修成正果，我很遺憾。過去為精靈族奉獻的妳，竟然會被人形容成汙穢或說三道四，我會狠狠教訓那些傢伙。要不然，我也可以在公開場合表揚妳的功績。沒錯，從一開始就該這麼做！我有太多事情在忙……不，這都是藉口吧。最近我只顧著自己，心思就沒有分到你們身上。原諒我。」

面具女子的嗓音對普昆碧麗雅來說令人懷念。

過去，要是她跟同年齡層的人吵架惹哭對方，這個人就會趕來，並且像這樣規勸。

對父母因戰爭雙亡的精靈們來說，這個人是母親、是老師、是應該守護的對象。

「然後，妳何不找一段新感情呢？對了，舉例來說，妳覺得辛畢吉姆怎樣？跟妳同樣隸屬於暗殺部隊。我記得那傢伙也還單身吧？要說的話，他在妳眼中看來或許有點靠不住，可是他人也不壞，要不要試著從那種角度觀察一下呢？只要妳有意，我也可以幫忙喔。嗯？」

面具女子說完，緩緩靠近普昆碧麗雅。

要避免造成刺激，還要伺機搶走她手中的利刃。

然而面具女子話語是誠懇的，自始至終都在關懷普昆碧麗雅。

「……！」

普昆碧麗雅發現了。

5.面具聖女歐蘭契雅珂

當下自己正把利刃對著萬萬不該對著的人。

她錯把劍指著精靈族至寶，指著全體精靈之母。

「所以說，拜託妳，能不能把那柄短劍交出來？」

接著，面具女子輕輕地觸碰了普昆碧麗雅的臉頰。

那溫柔的手勁讓普昆碧麗雅逐漸放鬆。

短劍噹啷落地。

「對、對不起…………」

伴隨大量的眼淚與鼻涕，她冒出這句話。

就這樣，一起事件與一段情宣告結束。

■ ■ ■

當天晚上，面具女子在利蓋恩王宮的客房之一舉杯喝起了水果酒。

「……」

她回想起白天的事。

今天有一名獲邀參加婚禮的賓客險遭毒殺。

儘管以未遂作結，萬一鬧出人命，或許婚禮就中止了。說不定獸人與精靈間還會爆發戰爭。

「受不了……」

下毒者是面具女子也熟識的人物。

普昆碧麗雅。

從幼時就熟悉的一個孩子。哎，儘管面具女子記得大半精靈的名字、臉孔與生平，但這暫且不提。

她雖是下毒者，然而透過面具女子的說服與懇求，極刑似乎可免。相應的處罰大概還是得受，但也莫可奈何。

更重要的是，面具女子想起了普昆碧麗雅被逼急時說出的話。

坦白講，那戳中了面具女子的痛處。

到現在胸口仍隱隱作痛。

「托里克普多那小子，怎會這麼有女人緣……？」

她一面嘀咕，一面小酌。

在毫無女人味的睡衣外面圍上肚圍，慵懶地坐在椅子上，一副邋遢的模樣。

「嗯？」

5.面具聖女歐蘭契雅珂

這時候，房門被敲響了。

叩叩——收斂的敲門聲。面具女子不改姿勢，直接出聲應門：

「誰啊～～？門沒鎖喔～～」

「是我。很抱歉在半夜裡打擾。」

男人的聲音，而且還是個認識的男人。

面具女子用在戰場上也屈指可數的飛快速度貼住門，並按住即將轉開的門把。

「哎呀？可是門好像打不開呢。」

「抱歉，我剛才上鎖的。沒錯。你在外頭等一會，我立刻就開。」

「好的。」

隨後面具女子動作可快了。

她十萬火急地脫掉平常愛穿的睡衣，扔進自己的包包裡。

換上房裡準備給賓客使用，質料略薄，內衣幾乎要透出來的家居服後，她嘀咕：「呃，這有點羞人。」接著又從包包裡拿出針織衫，披了上去。

以穿衣鏡審視儀容，確認性感度不至於羞人，點點頭表示滿意，再坐回剛才那張椅子，拿起裝水果酒的玻璃杯。

「好、好了，你可以進來嘍。」

「哎呀，門鎖……？」

「已經開了。」

門的另一邊似乎傳來苦笑的動靜，面具女子卻不明白其理由。

畢竟除了親人，第一次有男人在這麼大半夜裡過來拜訪，讓她很是慌亂。

「打擾了。」

「嗯，勞你走……這趟？」

一瞬間，面具女子語塞。

從聲音分辨，她對門外的人物是誰早就心裡有底。實際上，進來房裡的也是她所想的人物。

然而，對方臉上卻戴了仿照女人臉孔製作的面具。

「你那副面具是怎麼搞的？胡鬧嗎？」

「桑德索妮雅大人，我才想問，妳在自己房裡也不摘下面具嗎？」

「哇，白痴！噓～～！我現在是面具聖女歐蘭契雅珂。桑德索妮雅沒有來這裡！」

「妳怎麼又重施故技……」

「呃，托里克普多知道我來的話，會掛懷於心吧？比如替我更改席位，或者準備貴賓用的個人房給我……籌備婚禮本來就夠忙的了，我不能給他添麻煩。」

5.面具聖女歐蘭契雅珂

「原來如此。」

面具男子苦笑點頭。

桑德索妮雅原本在戰爭中就戴著面具——用來增幅自身魔力的面具。

所以除了面對親人，戴面具對她來說反而比較自然。

這樣的她就算戴上面具喬裝，也不會有人覺得那是喬裝。

只不過因為她是權貴，又是大人物，只要明言自己不想被稱呼為桑德索妮雅，眾人便會照辦。

「我才要問你，那面具是什麼名堂？」

「我的理由也跟妳類似。現在的我名叫愛與和平的使者埃洛爾……先不提這個，妳今天斷案十分漂亮。我一直都在暗中觀望著。」

「哼，族人行事不檢，我不出來擦屁股怎麼成。」

「妳似乎在各地都這樣匡時濟世。」

「就算戰爭已經結束，行事不檢的族人未免太多了。」

面具女子……更正，桑德索妮雅說著便哼了一聲。

她從席瓦納西森林啟程旅行至今，一直在各地尋找好男人。

首先去了智人之國，接著又移動到精靈族本國，兩邊都無功而返。

5.面具聖女歐蘭契雅珂

說起來，好像從戰爭結束後就有精靈在各地為惡。

被視為下屆國王的克普多吉格王子，還有策劃從他手中奪取王位的亞茲麥吉格王子之間的鬥爭尤其激烈，不僅於國內鬥得凶，甚至競爭到爭相拉攏國外支持者的地步。

桑德索妮雅每次撞見政爭現場就會進行仲裁，結果卻傳出風聲，說她正微服巡訪各國，到處制裁為非作歹的自國同胞。

明明她只是在找結婚對象。

「所以呢，愛與和平的使者埃洛爾大人，找我有什麼事？大半夜的還藏頭遮臉跑來淑女的寢室，就算傳出緋聞也怪不得人喔。想想事情傳出去的後果吧。你將被精靈族的諜報部到處追趕，並且被人強行扒下那副面具，最後要負起引發緋聞的責任。」

她在引誘對方，意思是只要卸下面具報本名，再負起責任，即使要來場一夜情也ＯＫ。

不只今晚，感覺男方就算夜夜來尋歡也ＯＫ。

儘管語意太委婉就不可能讓對方明白。

「……妳說得沒錯。的確，大半夜拜訪仍有貞潔處子之身的聖女歐蘭契雅珂的寢室，是我思慮不周。等事情談完，我會立刻離去。」

「啊……是嗎？嗯……麻煩你了……」

自己說過的話總不好收回去，桑德索妮雅失落地縮成小小一團。

她原本期待男方會說「只要負起責任就行了吧？」並逼她就範。有良知的人不可能與身為精靈族權貴的桑德索妮雅玩火搞一夜情。就算缺乏良知，膽敢冒著風險染指她的傻瓜也不好找。

「有一點事，我希望妳也能知情。」

「什麼事？」

「看來先前那些人果然有所動作了。」

這句話讓桑德索妮雅板起了臉。

「是嗎？」

「或許這個國家也已經遭到入侵。」

「婚禮要怎麼辦？中途喊停嗎？」

「既然對方的企圖未明，什麼都不好說……不過，女王似乎執意照常舉行。」

「該位女王應該是會那麼說。她性情剛烈……所以，我該做些什麼？」

「目前暫且只對能行動的人士提供情報與呼籲提高警覺。」

「……是嗎？感謝情報，我會多留意……就這樣？」

「就這樣而已。」

「真的就這樣而已？」

5.面具聖女歐蘭契雅珂

「就這樣而已。」

「是嗎……」

桑德索妮雅的腦子正以超高速運作。

這男的，愛與和平的使者埃洛爾。

桑德索妮雅知道他的真身為單身男性。

隱藏於那副面具底下的是張俊臉，其背後家世、在戰場上的輝煌功勞及其餘個資，她也都知曉。

不錯的對象。

「哎，這是場可喜可賀的婚禮，最好要順利舉行啊！沒錯！我們就在暗中協助吧！」

「妳說得是。」

「說到這裡，你都沒有類似的花邊消息嗎？嗯？假如你結婚，全世界都會為之慶賀吧？對了，萬一找不到對象，好比說……」

「我在為某位女性守貞。」

被對方搶先接話，桑德索妮雅沉默了。

連要問那個女性是誰都讓她遲疑。

因為聽了或許就會受到無法振作的打擊。

「這、這樣啊……有對象就好。很好。」

「那麼，我差不多該失陪了。」

「啊，好的，我曉得了。抱歉留住你……」

「是。桑德……不，歐蘭契雅珂大人，請妳也務必當心。」

「這當然。我可是精靈族大魔導桑德索妮雅耶。我會小心的，──足小心。」

埃洛爾行禮以後，便準備從房間離去。

桑德索妮雅依依不捨地目送對方，還猶豫是否要留住他。

這時候，埃洛爾停下腳步了。

「啊，對了。」

「怎、怎麼了嗎！」

「『半獸人英雄』來到了這座城鎮。」

「霸修來了？」

「應該是來祝福公主成婚吧。」

「是、是喔……」

突然聽到「半獸人英雄」的消息，桑德索妮雅動搖了。

但仔細想想，霸修會來這裡並沒有多不可思議。

5.面具聖女歐蘭契雅珂

考量到半獸人要與獸人建立友好關係，這次婚禮會是絕佳的機會。

「完美的正式服裝、內斂拘謹的態度……為了避免失去自我，他似乎連酒都不喝。獸人王室對他有什麼觀感，他應該很清楚。其他半獸人做不到那種地步。」

「我想也是。那傢伙來向我求婚時，也穿了精靈族的正式服裝。當然，我可是拒絕他了！當然的嘛！」

原本半獸人在戰場上殺了對手，應該不會向其遺族低頭。會嘲諷「連你都一起殺了滅族」才是半獸人這支種族的習氣。

不過，換成霸修就會為了全族的驕傲與榮譽，把主動低頭當成小意思。

當然了，霸修採取的行動與謝罪略有不同。

穿上其他種族的正式服裝現身於正式場合，光明正大地道賀。

那是半獸人在尊重其他種族並表示友好的姿態。

「不過，獸人王室似乎就沒有他那麼理性，在我離席的期間，他們好像痛罵了英雄大人，還把他趕出去……早知道會那樣，我應該跟著他的。」

「你說什麼……獸人王室是傻了嗎？固然能理解他們的心情，不過，那樣做不行吧。說起來，那些傢伙懷恨過了頭。戰爭已經結束，所有人正打算和睦相處，唯獨把半獸人當成敵視對象是不行的吧。他們是小孩嗎？」

「如妳所說……不過，我倒覺得要是妳在『席瓦納西的惡夢』遇害身亡，精靈族也會做出類似的舉動。」

「啊～～……也對，我們族裡全是野孩子。」

埃洛爾嘻嘻笑了笑。

桑德索妮雅敢把活了幾百年的精靈稱為孩子，讓他覺得很有趣。

「但願英雄大人沒有對此懷恨在心，或是想著要報復……」

「不……我認為那傢伙沒那種心思喔。沒錯，被我甩掉以後，他就若無其事地出發去下一個城鎮了。」

「希望如此……不過『先前那些人』的動向也令人介意。桑德索妮雅大人，請妳也千萬不要大意。」

「還用你說。我怎麼可能大意。」

「哈哈哈，是我多操心了。告辭。」

埃洛爾再次行禮，然後就退出房間了。

留在房裡的桑德索妮雅一口氣喝完水果酒，然後趴到桌上。

「先前那些人」的動向令她在意，而且要說不在意霸修就是假的了。

然而，更讓她受打擊的是另一件事。

5.面具聖女歐蘭契雅珂

「唉～～～」

桑德索妮雅大嘆一聲，趴著用誰也聽不見的細微音量嘀咕：

「像他那樣的男人，想也知道會有對象嘛……」

從啟程旅行後不知道落空了幾次，使得桑德索妮雅發出大大的嘆息。

6. 肯等的男人有人愛

「天亮了啊。」

霸修在旅館裡醒來，使勁伸了伸懶腰以後就開始打理儀容。

用熱水洗淨身體，灑上香水，再穿上獸人族的正式服裝。

在旅館的一樓用餐，然後又回來房裡。接著坐到床上，交抱雙臂，閉上眼睛。

心情絕佳。

果然，作戰行動就是要聽從聰明的參謀構思的方案。

回想起來，惡魔王格帝古茲在世時多好。只要遵從上級下達的命令，所有戰鬥都能獲得勝利。

若是沒有那位王者，霸修就不會像現在這麼強，應該已經橫屍某處了。

「老大，不曉得她今天會不會來。」

捷兒一面啃著早餐的杏仁，一面把妖精之粉裝進小瓶子中。

連吃剩的屑屑也有不少跑進瓶子裡。今天的妖精之粉肯定會變成杏仁口味吧。

6.肯等的男人有人愛

霸修沒動。

既沒有出門，也沒有鍛鍊，只是靜靜地等。

他沒有去獵豔，也沒有去酒吧。

「不知道，但是只顧等待倒滿輕鬆的。」

他正在等。

等什麼？

機會。

也可以說是等一個時機。

霸修正在等待，等日前認識的那個極品獸人女希爾薇亞娜。霸修認為她一定會來自己身邊。

畢竟雜誌就是這麼寫的。

『假如女生說還想再見面，就不可以催她！別貪快！肯等的男人有人愛！』

獸人族的戀愛精髓在於「等」。

雜誌是這麼寫的，因此霸修決定等。他在過去跑遍了全世界的戰場，往往被人認為擅於正面突破，但埋伏也是他的長項。

如果有必要，霸修也能在灌木叢裡靜靜等上十天或者二十天。

像這樣，即使定為目標的敵人沒來，他甚至也不覺得苦。

何況現在等的是將來的老婆。

霸修不可能覺得苦。等待的時間反而能讓愛火燒得更烈。

「……」

所以霸修正在等。

從那座宮殿發生騷動直到今天。

從太陽升起開始等，即使到了日正當中，他也絲毫不動；即使太陽西斜，他也絲毫不動。太陽下山時會再進食一次，但在那之後就絲毫不動。城鎮入睡以後，他會跟捷兒兩個人輪班等待。

就這樣，經過了幾天。

霸修今天同樣打算將身體洗乾淨，用餐，並在旅館的床鋪靜靜等待。

等了這麼久，一般都會想通再怎麼等對方也不會來，可是霸修也有埋伏過更長的時間，進而成功的經驗。

他打倒負有「蹂躪王」盛名的庫德蘭多時，也是靠埋伏後的奇襲。

所以霸修要等。

他肯定是打算永遠等下去吧。一直等一直等，等上好幾天，永永遠遠……

6.肯等的男人有人愛

於是在不知不覺中等到三公主辦完婚禮，瀰漫全城的結婚喜氣也隨之散去，霸修額上冒出處男圖徽，他才會發現。

那女人說的是謊話……所等之人是不會出現的。

然而，事情並沒有變成那樣。

「來了嗎？」

那天下午，有某位人物拜訪旅館。

跟在戰場埋伏時一樣，專注於五感的霸修立刻察覺了。有陌生的腳步聲踏進這間旅館。

腳步聲的主人跟旅館老闆交談了兩三句，然後直朝著霸修的房間走來。

從步距判斷，是女性。那陣腳步聲靜悄悄的，但並不是刻意要抹去聲響，那是高貴之人特有的走路方式。

不會錯，是她。

「老大，來到這一步可不容許失敗喔！」

「我明白。我絕對會得手。」

對半獸人而言，公主這個職銜是極具人氣的存在。

討老婆要找什麼對象才好？聊到這個話題，可以說一定會出現公主，出現頻率僅次於女騎士。

可是，實際上要得到公主並不容易。有別於騎士，她們數量稀少，出現在戰場上的機會也不多。跟女騎士交戰，只要稍居劣勢就會立刻撤退也是王室成員的特徵。就算展開追擊，後頭也有護衛騎士拚死命的抵抗在等著。

即使克服了那一關，與其被半獸人侵犯，寧可自盡的公主也不在少數。

看得見卻絕對摘不到的高嶺之花。

名為公主的存在便是如此。

就霸修所知，成功娶到公主的半獸人數也數得出來。

而且絕大多數都是以往的故事。在霸修存活的時代，成功娶過公主的半獸人只有一位，半獸人王涅墨西斯而已。那名公主如今也不在世上了。

獸人五公主希爾薇亞娜。

作為半獸人英雄霸修的老婆，可以說配得上吧。

此等機會或許今後再也遇不到。

霸修想到這裡，就比以往都還要來勁。

「……唔。」

於是，霸修的房門被敲響了。

「請進，老大的房門沒鎖喔！」

6.肯等的男人有人愛

捷兒這麼說之後，門被打開了。

有個身披看似樸素卻一眼就能認出其高貴的絹絲長袍，用兜帽遮著臉的人物在那裡。

從兜帽底下露出的臉是日前一度見過的美麗容貌。

五公主希爾薇亞娜。

所等之人已到。這是埋伏成功的瞬間。

「呵呵。」

她望著霸修，柔柔地露出微笑。

「突然上門拜訪，似乎嚇到你了呢。」

「不，我在等妳。」

「咦……」

霸修這句話讓希爾薇亞娜僵住了。

的確，仔細一看，霸修穿的是正式服裝——彷彿準備出席典禮的獸人族盛裝，簡直像要迎接身分不凡的貴人……

「呵呵，所以你是等不及嘍？」

「我自認等到了。」

「……」

聽到那坦蕩蕩的回答，希爾薇亞娜顯得有些失措。

牛頭不對馬嘴。但她立刻露出心蕩神馳的臉，在安坐於床的霸修旁邊坐了下來。

接著，她身子一軟，靠到了霸修的肩膀上。

霸修的上臂被她豐滿的胸部夾住。

「啊啊，霸修大人！令人心儀的男士！我愛慕你！」

「嗯。我也一樣。」

希爾薇亞娜挪開身體，躺上床，然後閉起眼睛。

彷彿在等待著什麼。我已經準備ＯＫ了，壓上來吧，抱我！——只差沒有這麼說出口。

「那我們走吧。」

然而，霸修卻起身了。

「咦，去哪裡？」

「這還用問。」

霸修告訴困惑的希爾薇亞娜。

他亮出尖牙回答：

「我們去約會。」

這是雜誌上寫的必勝法。

6.肯等的男人有人愛

■ ■ ■

『女方看起來像在引誘你？那是男人自作多情！要勤加來往打好關係！』

『女人安排活動的時代已經結束了！現在約會都是由男方帶路！』

根據雜誌的說法，獸人族戀愛似乎是在考驗男方的忍耐力。

突然就急著要結婚或者逼迫性交都是不行的。

即使女性做出了從男方觀點看似在引誘人的舉動，那也是陷阱。

撲上去的話，將會挨女方痛罵：「我沒有那種意思！」然後被甩。

想進展到性交階段，必須一步一步來。

所謂的進展要靠交往，也就是約會。約會同樣要按部就班，起碼得約會五次，每次都到不同地方，講不一樣的話才行。

接著在第六次約會開口求婚，辛苦便能獲得回報。

女獸人會變成雌性，進而歸雄性所有。

坦白講，沒有雜誌的話，霸修大概已經失手了。

在剛才希爾薇亞娜靠過來的階段，他早已經先求婚，心想著沒問題就直接硬上……理應會轉眼間被甩。

然而，現在霸修手上有雜誌。

霸修這個男人更明白在細膩的作戰行動中，前線戰士若以自身的判斷基準行事會有多愚蠢。

既然是聰明的參謀構思的作戰，獲勝的祕訣就在於完美照辦。

霸修親身體驗過箇中道理。

沒錯，記得是在奇昂平原那一戰。

當時霸修實力有了顯著的增進，本身也有些得意忘形起來。

他一如往常遵從命令東奔西走，打敗敵人。

那般情況下，霸修接到了某項命令。

命令內容是要他無視現在對付的敵人，並且南下打擊另一群敵人，簡單明瞭。

那時候的霸修很自以為是。他憤慨地心想「無視眼前的敵人像什麼話」，就直接留在現場持續跟敵人纏鬥。

結果，友軍惡魔部隊遭受夾擊而全滅，霸修的中隊就落得孤立無援。

到最後霸修等人並沒有死，卻挨了惡魔指揮官狠狠一頓罵。

屈辱的敗北為霸修帶來了智慧與教訓。

6.肯等的男人有人愛

從那以後，霸修都忠於命令。

雖然說過了某個時期，能劈頭對霸修下令的人就變得相當有限……

總之，正因為霸修有那段經歷，第一次的約會方案可謂完美。

儘管都是照雜誌上寫的內容——

「呃，這裡是……？」

「我們一起在這吃飯。還是該挑別的店？」

「喔，不會，在這裡吃是無妨……」

霸修牽起困惑的希爾薇亞娜的手，走進店裡。

那是雜誌上大力推薦的店，但終究是迎合平民的店家，裡頭擺設雜亂，人也嫌多。

至少並不是公主會進去的店。

霸修卻沒理由知道這種事。

「推薦餐點似乎是一道叫『特製肉派』的食物。」

「霸修大人沒聽過肉派嗎？」

「對。半獸人之國沒有這道菜。」

「原來是這樣啊。」

以氣氛來說或許算馬馬虎虎。

然而，希爾薇亞娜格格笑著坐到霸修身旁，還挽住他的手臂，接著溫柔地撫弄他的大腿一帶。

「壞心的男士……所以我就是你的餐後甜點嘍？」

「……」

霸修對希爾薇亞娜的舉動小鹿亂撞，但是他仍堅守雜誌的教誨──進展還沒到就不能對女方出手的教誨，因而忍了下來。

在半獸人中，霸修是難得能忍的男人。

而且霸修還安排了捷兒當成萬一自己失控時的抑止力。

捷兒目前也待在店裡的角落閃閃發亮，監視著霸修。

老大，加油喔！未來是光明的！他還心心念念地這麼為霸修打氣。

於是，這頓飯沒多久就吃完了。

後來霸修去逛了雜誌上所寫的武器店。

女獸人喜歡強悍的男子。

然而，如今戰爭結束，單純強悍的男子就難以博得好感。

所以要在武器店分辨武具的好壞，展現出自己跟其他男人的不同之處。

6.肯等的男人有人愛

霸修一邊逛武器店，一邊談起陳列於店面的武具有何優缺點。

話雖如此，他不過是拿雜誌的內容現學現賣，偶爾聊到「這一種武器我在那個戰場用過」的回憶時，才算他獨具的知識。

坦白講，霸修無法否認自己對武器的知識相當淺薄。因為他不挑武器，對於武器的好壞也就不太了解。

希爾薇亞娜卻始終笑吟吟的。

尤其是霸修聊起回憶時，她還會將嘴巴嘟得像鴨子一樣連連稱是。

「這種武器是獸人偏好使用的吧。記得是叫武士刀，鋒利度很不錯。」

「是啊。獸人族從小就會修練這種武士刀的用法。」

「用武士刀的高手當中讓我印象最深刻的人，果然還是在雷米厄姆高地對上的那個男人吧。」

「有強者足以留在霸修大人的記憶中啊。是哪一位呢？」

「勇者雷托。」

霸修講出這句話時，並沒有看希爾薇亞娜的臉。

武士刀的刃紋彷彿映出了遙遠的過去，使他瞇細眼睛。

因此在那個瞬間，希爾薇亞娜有什麼樣的臉色，霸修並不知情。

「他是個駭人的戰士。手握讓人摸不清刀路的魔刀，無論力量、技術與速度，都是夠格冠上勇者之名的男子漢。假如他沒帶著滿身傷勢，敗陣的應該就是我。」

「霸修大人謙虛了……憑你的實力，即使對手狀態萬全，也一樣能輕鬆得勝吧？」

「就算能贏過他，應該也不輕鬆。」

「……」

霸修想起的是過往的一場戰鬥。

惡魔王格帝古茲殞命，將戰爭導向終結的那一戰。

戰況激烈。激烈得何處出了什麼事端都分不清。

在那樣的大混戰當中，霸修接獲惡魔王遇襲的報告，就趕忙一路衝到惡魔族的陣地，為了保護總司令。

可是，他沒趕上。

當霸修抵達的時候，惡魔王格帝古茲已經戰死了。

而且在王與親信的屍體旁邊，有才剛結束戰鬥，打算從敵陣脫逃的三名男女。

智人族王子納札爾。

精靈族大魔導桑德索妮雅。

獸人族勇者雷托。

6.肯等的男人有人愛

桑德索妮雅已經耗盡魔力而昏厥，被納札爾揹在身後。

他們要突破敵陣，就只有打倒霸修一途。

霸修不知道他們三人各為自己國家的英雄。

名字與任何來歷都不清楚。

可是，霸修有意把他們全宰了。

儘管並未接到任何命令，霸修仍篤定非這麼做不可。

可是，他讓人逃了。納札爾揹著桑德索妮雅，從霸修跟前逃之夭夭。

對方為何辦得到？

那是因為勇者雷托擋到了霸修面前。

雷托全身流著血，仍嘶聲長嘯，豁盡全力要與霸修單挑。

當然，雷托在那種狀況下不可能戰勝霸修，他死了。

「為了讓同伴逃走，那個傢伙賭命與我戰鬥。明明應該連站穩的力氣都不剩，他卻一再站起，奮戰到最後都沒有放棄。他是真正的戰士，能戰勝他是我的驕傲。」

「那……你為什麼會放著屍首不管呢？」

「那還用說。」

霸修理所當然似的告訴她。

「因為惡魔王的親信在絕命前拜託過我：『王的屍體，不能被其他人看見。』」

霸修聽從了己方絕命前交代的話。

霸修是半獸人，卻也是在漫長征途中活下來的戰士。

因此霸修理解惡魔王的屍體若被發現，我方士氣將一落千丈。

可以說他視全軍的勝利優先於個人榮譽。

所以，儘管霸修明白這麼做會對展開死鬥的戰士失禮，仍以惡魔王的屍體為優先，擱下了雷托的屍首。

而且他把惡魔王格帝古茲帶到惡魔族將軍那裡。

結果惡魔王殞命的消息從智人族王子口中傳出，霸修的行為失去了意義，等他打算回到前線時，大勢已成定局，我軍動向更轉為敗逃。

霸修並不後悔。

當格帝古茲殞命時，會走到這一步是理所當然的。

就算霸修舉起雷托的首級高喊勝利，結果也不會改變。

「是嗎？」

希爾薇亞娜回話的音量比先前都還要細微。

當霸修回頭時，她依然擺著柔和的微笑。

6.肯等的男人有人愛

兩人就這樣愉快地逛街，時刻來到了傍晚。
人們開始回到家或旅館。
其中也有看似情侶的人感情要好地並肩走進旅館。
夜晚時分。公共的時間結束，來到個人的時間。換句話說，就是做那種事的時候。
希爾薇亞娜大概也感受到了這一點，就將身體湊向霸修的肩膀，露出略顯羞澀的笑容。
霸修見狀便問她：
「今天妳玩得愉快嗎？」
「是的，霸修大人，如夢一般的時光。」
「既然這樣——」
霸修將視線轉向自己下榻的旅館。
希爾薇亞娜自然也跟著轉過去。
彷彿很清楚他們倆接下來要去哪裡、將會做些什麼。簡直像在期待一樣……
他開口了。
「今天就在此道別吧。」
「……什麼？」

希爾薇亞娜帶著笑容僵住了。

「下次我會帶妳去更好的地方。再見。」

霸修說完便瀟灑離去。

在夕色中拖著長長的影子，腳步感受不到眷戀。

隨後立刻就不見蹤跡。半獸人英雄連撤退都快。

「……」

於是，路上只剩希爾薇亞娜一個人。

「…………啥？」

她嘀咕出來的話語消失在夕色之中。

■ ■ ■

「老大……」

霸修回到旅館，迎接他的是臉色沉重的捷兒。

捷兒握拳交抱雙臂，顫抖了一陣子，但不久便猛然抬起臉，並抱住霸修的臉。

「你的表現好完美耶！」

6.肯等的男人有人愛

「是啊！」

霸修聽了捷兒說的話，也用開心的嗓音回應。

第一次約會。

霸修有體會到確實的手感。畢竟希爾薇亞娜心情一直不錯，最後還緊貼著霸修。連不熟悉異族戀愛的霸修都知道她對自己抱有正面印象。

「照我的推斷，那位公主已經迷上老大了！說起來，就算今晚帶她到這間旅館直接進展至性交也不奇怪！我有感受到跡象！」

「或許吧。但我不會大意。雜誌也有寫到，在性交階段一樣會發生被甩的狀況。」

「對耶！到目前為止，照雜誌寫的做都完全沒差錯。這樣的話，接下來肯定還是照雜誌寫的做比較好！」

被希爾薇亞娜緊挨著，霸修的慾望險些爆發。

但是，攻克眾多戰場的強韌心智將慾望壓抑住了。

一切都是為了迎來脫處，為了討到老婆，以半獸人英雄的身分抬頭挺胸回國。這是最後的考驗。

身為英雄的自己克服不了，又有誰能克服呢？

「老大，要加油喔！我先去探勘下一次的『約會路線』！」

6.肯等的男人有人愛

「謝謝！」
「客氣什麼嘛！」
捷兒從窗戶飛走。
那個妖精一定會細細檢視雜誌所寫的約會路線，然後帶給霸修詳盡的情報吧。
從確認路線到該去的店家格局，乃至於跟老闆交涉，等霸修來的時候應該就已經做好接應的準備了。
而且，其結果將帶來勝利。
（……得來全不費工夫，不過會贏的時候就是這樣。）
霸修仰望天空，回憶至今的旅程，並且懷念似的放鬆了嘴角。

隔天起，霸修又開始了等待的日子。
……雖想這麼說，但他並沒有等得太久。
隔天，還有隔天的隔天，希爾薇亞娜都來了。
霸修則一臉理所當然地進行他的約會計畫，每次都讓希爾薇亞娜迷得神魂顛倒。
儘管霸修的理性有好幾次面臨極限，卻都沒有超出極限。
儼然是因為事情都照計畫在走。

如果希爾薇亞娜中途從霸修身邊離去，或者霸修急得撐不住，也許就沒辦法進展到這一步。

希爾薇亞娜的誘惑便是如此強烈。

從身體接觸乃至甜言蜜語，還有繞了圈子讓人聯想到懷孕或交尾的字句。

任誰怎麼看都會覺得她迷上霸修了，而且想在結婚後為霸修生子。

事情全照著雜誌寫的發展。

原來智人族的策士能將未來預測得這麼準啊。

這樣會輸掉戰爭也無可厚非。

事情順利得讓人不禁產生這種念頭。

■ ■ ■

然而，有人過得順利的時候，也可以說就是有人過得不順的時候。

「……」

深夜。

在利蓋恩王宮的一角，有個女子正用拳頭捶牆。

6.肯等的男人有人愛

她一邊啃著左手大拇指的指甲，一邊用右拳連連捶在牆上。

「……」

彷彿她就是那樣的生物，只顧不斷猛捶。

其臉孔毫無表情。

但是，倘若有人跟她對上目光，應該就會窺見她眼裡蘊藏的憎惡與憤怒。

7. 暗中活躍

希爾薇亞娜・利跋葛多五公主在獸人王室利跋葛多家是排行第十的公主。

獸人多產，而王室成員也不例外。

她的母親雷歐娜・利跋葛多有兩次生產的經驗，第一次生了五個，第二次則生了六個小孩。

希爾薇亞娜是在第二次生產時第五個從肚子裡出來的，六個孩子中排行第五。

出生的地方是戰場。

第一次生產時生下的小孩全部夭折後過了兩年。儘管是盼望已久的嬰兒，卻沒有受到多少祝福。當時是惡魔王格帝古茲勢力最盛的時期，獸人身處困境，面臨何時滅亡都不奇怪的狀態。

家臣人數也屈指可數，剛出生的公主前途黯然，所有人臉上盡是不安之色。

在那種局面中，只有一個人打從心底獻上了祝福。

雷托・利跋葛多。

7.暗中活躍

只有女王雷歐娜的弟弟祝福了身為外甥女的六位公主誕生。

六位公主出生時，父親已經不在人世。

身為王婿的泰戈·利跋葛多在六位公主出生前幾次的戰鬥中就已身亡。

即使說客套話，六位公主的童年仍稱不上幸福。

戰鬥與敗逃；怒號與慘叫，安寧的日子從未有過。

對這樣的六位公主來說，雷托是相當於兄長的存在。

雷托總是保護著她們，從六位公主懂事以後，他就開始教她們作戰的技術及知識。

說不定對不認識父親的她們而言，雷托也是可以稱作父親的存在。

六位公主都崇拜雷托，尊敬他，更對他懷有憧憬。

使那股情感加劇的，到底是出於雷托之手的「收復聖地」吧。

讓雷托成為「勇者雷托」並且流傳後世，於獸人族內規模最大，同時也是最後的一場反攻。

少數在格帝古茲支配時仍戰勝了七種族聯合的勝仗。

那場仗讓雷托變成了英雄。

對六位公主來說，他成了世界第一的英雄，無可取代。

當時仍年幼的六位公主都夢想著將來要當雷托的新娘。

那樣的夢，將在某一天被打碎。

雷米厄姆高地的決戰。

勇者雷托參加討伐惡魔王格帝古茲的敢死隊，然後陣亡了。

六位公主也是在漫長戰爭中活過來的人。

難過歸難過，但這是常有的事，倘若雷托光榮戰死，她們可以無奈地認命。

對信奉狩獵之神的她們來說，敗北並非恥辱。

如果在英勇奮戰後，打倒他的人能夠納為養分，那就是榮譽的事。

……如果能夠納為養分的話。

勇者雷托遭到棄置了。

在獸人歷史中最應該受尊重的存在落得像雜兵一樣。

這不可能讓她們接受。

六位公主各自磨練擅長的領域，準備復仇。

她們都在內心發誓，當自己上戰場時必定要宰了凶手——半獸人戰士霸修。

可是，沒能等到那樣的機會，戰爭便結束了。

大多數的公主在戰爭結束時已經平息怒火。

大公主黎思身為下任女王，立場上認為該避免戰事，更要求自己不能恨半獸人。

7.暗中活躍

三公主伊瑞菈得以跟自己從小愛慕的對象結婚，也懂得考量未來了。

她們已經沒有恨意。

其他公主內心仍留著恨意，卻各有其職責。

二公主拉碧娜立場上要輔佐下任女王，便理性地認為不該與半獸人發生戰爭。

四公主克伊娜肩負下任司法之職，認為國內即使出現半獸人也要公平對待。

六公主芙露露身為勇者雷托劍術的繼承者，認為自己的職責就是將其傳至後世。

她們三位都曾歧視半獸人，萬一仇人出現在眼前，也覺得自己應該要除之而後快，但只要在最後關頭受到攔阻，仍會有理性收手。

自己身為獸人族公主，就要負責扛起下一代獸人，她們都有這份自覺與自負。

唯有一位。

五公主希爾薇亞娜不一樣。

希爾薇亞娜是最得勇者雷托疼愛的孩子。

她情感最豐富，也是最愛哭的孩子，因此常坐在勇者雷托的腿上哭泣。

哭有各式各樣的理由，被姊妹欺負了；被狗咬了；被蜜蜂螫了……

她在六位公主當中，性格也是最為莽撞，最不顧後果的。

一想到什麼主意就會予以實行，然後痛遭反擊而被惹哭。

雖然大多數都是自作自受，雷托在希爾薇亞娜每次來哭訴時都會摸摸她的頭，並且安慰她。

隨著逐漸長大，這樣的她經過學習以後，立志要成為作戰參謀。

靠自己擬定的作戰引導勇者雷托獲勝成了她的夢想。

立志成為參謀之際，她向雷托學到了這一點。

『參謀不是乖小孩能擔任的。妳知道為什麼嗎？嗯，沒錯。因為當參謀就不能同情敵人，也不能同情己方。有時候，參謀必須把己方逼至死地，還會虐殺無抵抗的敵人。面對目的，非得讓自己絕情才可以。順帶一提，參謀必須在事前認清自己擬定的作戰將帶來什麼樣的後果。對妳來說或許不容易就是了，妳肯嗎？』

希爾薇亞娜用力點了頭。

於是她看待這段話的態度比雷托所想的更認真，開始訓練自己壓抑內心，以免流於情緒化。

在心血來潮而行動前，她會思考那將帶來什麼後果了。

結果，她變得不再輕易掉淚，行事也變慎重了。

長期持續訓練到最後，希爾薇亞娜變成了六位公主中最冷靜、最狡猾也最絕情的存在。

唯獨雷托的死還是讓這樣的她承受不了。她大哭好幾天，也一直持續心情沉鬱的日子。

7.暗中活躍

然而，那成了她最後一次流於情緒化的事件。

以某天為界，她捨棄了人心。

在臉上掛著微笑的面具，口中只會講理。

其他公主同情變成這樣的希爾薇亞娜，也為她擔心。

不過，她們也仰賴著她。

能做出理性發言而不流於情面，對其他公主來說，她的存在相當寶貴。

然而，在這裡要再次重申。

五公主希爾薇亞娜是勇者雷托最疼愛的孩子。

她是最仰慕雷托的孩子，情感最為豐富的孩子。

對於雷托之死，還有遭到屏棄的尊嚴，她是最嚴肅看待的公主。

……而且，她也是最莽撞的小孩。

她根本沒有捨棄感情，根本沒有捨棄心靈。

只是藏在心底而已。

正因如此，得知半獸人出現在王宮，對方還是殺害了雷托的「半獸人英雄」霸修時，她立刻擬出了某項計畫。

全然不顧後果。

■

「……」

那一天，希爾薇亞娜也獨自回到了王宮。

身披樸素而又高貴的長袍，靜靜地，帶著上流階級的風範，走在夜色當中。

王宮的衛兵們認出了她的身影，但沒有怪罪什麼。

因為希爾薇亞娜早就安插好自己的人了。

她回到自己的房間。

原本隨侍的侍女應該要趕來替她更衣，卻沒有動靜。

「……」

月光照進了漆黑的房間。

希爾薇亞娜脫下絹織長袍，豐滿的身軀便浮現而出。

假如霸修在場，理性肯定會瞬間斷線吧。英雄是脆弱的。

忽然間，希爾薇亞娜的臉轉向了旁邊。

在她的視線前方有一面全身鏡。那是為慶祝終戰，四種族同盟合力製作然後送給各國王室的贈品。上頭施了好幾道魔法刻印，百年不失其光彩。縱使拿棍棒敲碎，應該也會在轉眼間自動修復。

拳頭捶到了這樣的鏡子上。

啪啦——令人心驚的聲音響起，鏡面大大地裂開。

猶如時光倒退，裂痕逐漸修復了，希爾薇亞娜卻一再掄拳。

鏡面留下紅色的拳印，但她還是不停向鏡子掄拳。

即使清脆的聲音變得濕潤黏滯，她仍繼續捶。

不久，奇異的行為毫無前兆地宣告結束。

希爾薇亞娜面無表情地停手，然後用擱在鏡旁的布仔細擦拭鏡子。

接著，她默默把布扔進垃圾籃，再低聲唱誦回復魔法療癒了自己的傷。

「……」

希爾薇亞娜從衣櫥裡拿了睡衣穿上，站到有月光照進來的窗邊，將窗戶打開。

霸修應該已經回去了，她看向旅館的方位。

冰一般的無表情臉孔逐漸瓦解。

映於眼底的是強烈恨意。她露出牙齒，並且低吟。

「……什麼叫『能戰勝他是我的驕傲』。」

從低吟聲冒出的細語。

那陣細語並非只有憤怒，還交雜了幾分困惑。

彷彿自己原本堅信是這樣的事物，實際上卻略有不同，如此令人困惑。

不過，沒有任何人聽見，唯獨聲音逐漸消逝於暗夜……

「……」

希爾薇亞娜朝外頭望了一陣子，不久便微微嘆氣，回頭面對房間。

那張臉上掛著微微的笑容。

不知道是露給誰看，也不知道是向著誰的微笑。

然而在下個瞬間，那副微笑僵住了。

「嗨～～晚安。」

不知不覺中，房裡多了一個女人。

她悠然坐在房間的椅子上，用炯然發亮的紅眼望向希爾薇亞娜。

不知道從什麼時候。是的，真的不知道從什麼時候。

方才，希爾薇亞娜從衣櫥移動到窗邊時還沒有人的。

7.暗中活躍

由於沒有點燈，看不清那是誰，但希爾薇亞娜頓時體認到「來者不善」。

「我可不記得有邀請客人。」

希爾薇亞娜這麼開口，並把手挪到嘴邊。

她將食指湊到嘴巴，然後吸氣。

那是獸人相傳的聯絡手段「呼笛」。

可以讓在獸人之間也只有少部分成員聽得見的響聲在四周迴盪，自古以來就受到重視，被獸人族當成緊急聯絡手段。

就算自己聽不見，也要學會發出這種聲音，每個人從小都受過訓練。

然而，在發出那種聲音之前，「來者不善」的女子開了口。

「我想請教，妳對於陷害『半獸人英雄』的方法感不感興趣？」

「……」

希爾薇亞娜的動作戛然停住。

「為了勾引霸修，妳似乎費了不少工夫呢……」

「……」

「想想也是。半獸人大多只是缺乏腦袋的傻瓜罷了，不過能被稱作『英雄』，就不會受到半吊子的誘惑或甜言蜜語影響。哪怕是孤男寡女相處，他也不會任由慾望驅使而朝一國的公主撲上去喲。」

「妳在說些什麼呢？」

不知不覺間，希爾薇亞娜又露出了微笑。

好似能讓所有人看了都安心的微笑，名為微笑的撲克臉。

「不用說也曉得。妳想向殺了勇者雷托的霸修復仇，對吧？」

「……」

「所以妳打算讓他撲上來，再主張那是強暴……藉此挑起與半獸人的戰爭嘍？」

「……」

對方語氣輕浮，像在說笑一樣。

然而，道出的內容是事實。

希爾薇亞娜確實想過要那麼做。

到霸修身邊，施展媚功，設局讓他撲向自己。

等他一撲上來，之後希爾薇亞娜只要主張：「我沒有那種意思，我只是希望獸人與半獸人能友好相處才接近他的。」無論過程為何，要讓霸修蒙上罪名想必是可能的。

她明白這是個馬虎的計畫，但也沒有辦法。

因為根本就沒有人料到霸修會來獸人之國。這樣的機會或許沒有第二次。

7.暗中活躍

她只能拚了。

就算無法讓霸修蒙上罪名，獸人與半獸人的關係也會出現龜裂，只要現場的精靈或智人顯貴將因而深植對半獸人的負面印象就行了。

能促成這一點的話，自己的身體會怎樣都無所謂。

沒想到霸修卻都不碰自己。

「所以呢？」

即使真相被對方說中，希爾薇亞娜也不為所動。

她受過那樣的訓練。基本上，既然圖謀未遂，就沒有道理被人抨擊。

聲稱自己只是為了獸人與半獸人的友好關係才與他交流就行了。

「妳從以前就愛慕著雷托大人嘛。畢竟教妳認識戰爭的就是雷托大人，當妳被抓到成為俘虜，或許就要遭到處決示眾時，也是雷托大人救了妳，會愛慕他是當然的啊。誰教雷托大人就像體現了獸人族驕傲的人物。」

微笑從希爾薇亞娜的臉上褪去。

變得如鐵一般面無表情——希爾薇亞娜讓其他公主望而生畏的冷酷臉孔。

「戰爭結束後，妳好像一直主張應該消滅半獸人嘛，不是嗎？」

「……因為觀念也是會改變的。」

「仇恨不會那麼輕易消失啊。像我也一樣。霸修，那個可惡的半獸人……不能饒恕呢。已故的雷托大人被他當成了垃圾遺棄，他卻厚著臉皮活下來，還想慶祝伊瑞菈大人的婚禮，未免想得太便宜了。」

受對方的言語誘導，希爾薇亞娜無表情的臉逐漸消融。

從面具底下出現的是憎恨與憤怒的表情。

沒錯。沒有錯。正如這女人所說。

不能饒恕。

她不能饒恕「半獸人英雄」霸修。

怎麼可以饒恕那個惡魔。

「……所以呢，妳所謂的方法是？」

「呵呵……獸人族六姬之一希爾薇亞娜大人，依妳的才智，或許立刻就可以想到……要聽我分享嗎？」

「如果是無聊的主意，我連妳也殺。」

「哎呀，真嚇人。」

希爾薇亞娜朝著不知不覺中在房裡亮起的兩個紅色光點移動。

充滿憎恨與憤怒的腳步，毫無遲疑。

7.暗中活躍

「說是方法，其實內容很單純喔。」

「畢竟作戰就是要單純才好。」

「將霸修邀來婚禮，由妳勾引他，再讓我施展『魅惑』。那樣一來，霸修就會變成傀儡。可以讓他照先前的計畫撲向妳，也可以由妳親手殺他……」

「『魅惑』……妳會使用魅魔族的魔法……？」

「是啊，如妳所見……」

月光照亮了房裡。

先前只能看到朦朧身影的女子現出容貌。

分成上下兩截的貼身皮衣只遮住了最起碼的部位；帶波浪的紫色秀髮；發亮的紅眼；長長尾巴。

「因為，我就是魅魔。」

魅魔族的「魅惑」。

那是在戰爭中曾大顯神威的魔法。

中了以後行動就會完全受制，甚而襲擊己方。

儘管有對於女性幾乎無效的缺點，反過來講，對手只要是男性，除非具備格外高的魔法抗性或者靠某種魔道具防禦，不然就會成為魅魔的傀儡。

一直以來，精靈族都正面迎戰魅魔族，如今他們的男性比例會低於女性，據說就是魅魔所致。

戰後禁止使用的魔法之一。

可是反過來說，只要動用這招，就算是半獸人的英雄也無法抗拒。

「……妳的目的是？」

「希望妳讓我接觸聖樹。」

「聖樹？就這樣？」

「對我們來說可是大事喔。畢竟信仰狩獵之神的，可不是只有你們獸人而已。」

聽到信仰，希爾薇亞娜就能理解了。

各種族有其獨自信奉的神，但是在漫長戰爭中也有所謂的改宗者出現。有人身為精靈卻信仰鐵與火的精靈，有人身為蜥蜴人卻信太陽神。

即使有魅魔信仰狩獵之神也毫無奇怪之處。

如同獸人以往的遭遇，既然這個魅魔失去了長年信仰的對象，想找回信仰的她會來幫忙陷害霸修也是可以信服的說詞。

「欸，拜託妳嘛。之前我去徵求許可，就不被當成一回事而遭到拒絕了。」

不徵得許可，就無法靠近聖樹。

7.暗中活躍

負責批准的聖樹管理官應該不會准許陌生魅魔靠近吧。

既然要面對魅魔，大概會由女性來應對，但是在女獸人的觀念中也留有對魅魔的強烈偏見。

魅魔是光會想著吸食男人精力的卑賤種族，怎能讓那種分子接近寶貴的聖樹——即使有女獸人這麼想也並非怪事。

說起來，就算是一般信徒，假如沒有特殊理由也無從靠近。

在希爾薇亞娜的觀念中，對魅魔也不是毫無偏見。

然而，對半獸人的憎恨更勝於彼。

「我明白了。就聽妳的提議吧。」

「呵呵。交涉成立嘍。」

魅魔露出妖豔笑容，希爾薇亞娜則依然面無表情地對她點頭。

「那麼，婚禮當天我會再來。背叛的話，我可不依喔。」

「那是我要說的台詞。」

魅魔拍動背後的翅膀，身體便翩然浮起，準備從窗口離去。

希爾薇亞娜望著那道背影，驀地想到了一點。

有件事還沒問。

「話說……妳的名字是？」

「凱珞特。人們都這麼叫我。」

「嬌喘」的凱珞特。

只要身為戰士，無人不知其名號，那是魅魔族最強的戰士。

赫赫有名的戰士為何會來這裡？當中並不是沒有疑點，但希爾薇亞娜反而釋懷了。

她身為有這等實力的戰士，要鑽過警衛潛入自己房間，想來也是小事一件吧。

「是嗎？要請妳多指教嘍，凱珞特。」

「好的，希爾薇亞娜大人。」

凱珞特妖豔地微笑，然後就從房裡飛走了。

房間回歸一片漆黑。

「……？」

在黑暗中，希爾薇亞娜感到有些不對勁。

像是自己的心態有所抽離，又像是忘記了什麼，讓她覺得不對勁。

然而同時間，原本腦海裡蒙上的迷霧跟著散去，有種舒暢感。

因此她甩頭拋開了那些。

當下更重要的是替雷托報仇，不能放過這千載難逢的機會。

7.暗中活躍

「半獸人大可滅族……」

她的細語逐漸消失於暗夜。

8. 婚禮會場

『若女生在第五次以後的約會邀你去氣氛很好的地方，就表示機會來了！趁機向她求愛吧！』

那天，有一只信封送到了霸修身邊。

鞣過的精緻皮革，上面還以金線繡了獸人王室徽章。

裡頭裝著灑有金箔的厚紙。

一封信。

信裡是這麼寫的：

『明天，我的姊姊亦即三公主伊瑞菈就要舉行婚禮。

受眾人祝福的王姊教我好生羨慕。

想想，我們將來是不是也會呢……可是，其他姊姊都對半獸人心懷憎恨。

即使我跟你結婚，也不會得到祝福吧。

8.婚禮會場

所以，於此可喜之日，但求能與你在滿月下相聚。
唯有月亮，肯定會祝福我們。
當伊瑞菈開始演說時，請來聖樹下找我。
願半獸人與獸人榮華常在。

希爾薇亞娜』

假如霸修與捷兒都跟平時一樣，應該就看不懂這封信的含意了。照理說，頂多只會認為對方有事要在聖樹下談。
但他們手上有雜誌。
沒錯，雜誌裡也寫到了獸人族的獨特用詞。
「老大……」
「我明白。」
「這一天終於到了耶。」
「是啊……」
這封信有兩個關鍵詞。
「在滿月下相聚」。
「月亮會祝福我們」。

滿月暗指的是發情期，月亮的祝福則代表懷孕。

翻譯成白話，意思就是自己正處於發情期，想為你生小孩。

儼然是在邀人性交。

不會錯，雜誌上也有這麼寫到。

「老大，我們事前再確認一次。」

「好。」

「雜誌也有寫就是了，縱使發情期的女獸人勾引自己，鬆懈仍是大忌。儘管老大目前娶到老婆的可能性很高，但雜誌裡也提到了最後關頭被甩掉的情況。要記清楚才行喔。」

「當然了。」

「還有……」

這時候，捷兒忽地看向雜誌最後一頁。

那裡只寫了一項令人不安的事情。

（……不，現在顧慮這個也沒用吧。）

然而，捷兒刻意忽視了。

若以作戰行動來說，上面寫到的內容相當於帶著充足兵力迎戰，又有像霸修這樣的驚天強者在，或許仍會全軍覆沒的警語。

有這種可能性應該事先認知，但對缺乏對抗手段的人就會造成多餘的不安，並無意義。
霸修也曉得最後一頁所寫的文章在講什麼。
而且是霸修的話，就算眼前來了自己敵不過的強者，也只會勇敢地正面交手。
「那麼，我們在明天前多複習一遍！老大，首先是第二十二頁。『有氣氛的地方更需要注重禮儀？但事到如今找誰問呢！獸人禮儀講座！』從這裡開始。」
「好！」
準備萬全再去挑戰。
哥兒倆能做的就只有這樣而已。

8.婚禮會場

■

首都利康多中心，利蓋恩王宮。
在那裡聚集了來自全世界的種族。
獸人、智人、精靈、矮人。
蜥蜴人、魅魔、哈比、食人魔、妖精乃至於惡魔。
未獲邀的只有半獸人。

可是，理應未獲邀的半獸人卻也一臉理所當然地出席了。

不知道是誰給的，霸修帶了邀請函現身。

「唔，連『半獸人英雄』大人都在場啊。」

「就算是獸人，也不會在這種場合排擠半獸人嗎？」

「當然了。尋常的半獸人也就罷了，排擠像霸修大人這樣的英雄根本匪夷所思。」

「儘管想先過去打聲招呼……」

「嗯……」

「可是，隨便向那位英雄搭話妥當嗎……」

然而，敢向霸修搭話的人不多。

尤其是七種族聯合的成員，都遠遠地望著霸修，表現得忸忸怩怩。

霸修的戰果實在太豐碩，縱使是各國權貴也會感到退縮。

不，應該說，正因為他們是權貴吧。

假如這裡是城郊的酒館，或者彼此剛在競技場過招，他們肯定會滿心歡喜地到霸修身邊，催他談戰爭時大顯身手的事蹟。

但狀況並非如此。

這裡是獸人的王宮，獸人族三公主伊瑞菈的婚禮會場。

8.婚禮會場

換句話說，他們身負外交立場，不能當個追逐英雄的熱情粉絲。

順帶一提，獸人王室對半獸人是敵視的。

在獸人王室的婚禮上，若跟半獸人交好恐會招來不必要的反感。

「唔，那是……」

有道人影靠近這樣的霸修。

那名嬌小的人物帶了一個隨從，站到霸修旁邊。

「嗯？」

是個精靈。

在場任何人都認識的精靈。

知道那名精靈與半獸人有何恩怨的參加者之間更閃過了緊張的情緒。

「齁，齁哈欸哈！」

那憨憨的聲音正是出自精靈。

仔細一瞧，大啖食物的精靈塞了滿嘴。

會場桌上擺滿了菜餚，精靈就沿桌吃過去。

她的臉頰鼓得像隻松鼠。

貪嘴的表現。

然而，知道四百年前大饑荒的精靈，有不少人都會這樣。

吃飯這件事未必能想吃就吃，不趁能吃的時候吃就會餓死，無一例外。

……哎，雖然知道四百年前往事的精靈如今也只有一個。

「桑德索妮雅嗎？」

「……她好像講話含糊不清耶，是在做什麼啊？」

「應該是在吃飯吧。」

精靈——桑德索妮雅急得眼珠子打轉，並且趕緊咀嚼吞嚥嘴裡的東西。

待在旁邊的女精靈幫桑德索妮雅擦了嘴，快速拍掉衣服上沾到的食物碎屑。

看來桑德索妮雅並不是認出霸修才接近過來的，只是一路沿著有食物的桌子繞，就輪到了霸修這裡。

「唔……」

霸修看了桑德索妮雅旁邊的精靈，心跳隨之加速。

目前霸修正在追其他女人，但精靈依舊合他的喜好，視線會飄過去也是難免。

「……半、『半獸人英雄』！」

可以肯定的是，那個女精靈也合霸修喜好，非常美麗可人。

然而，女方頭上……有一個尺寸小歸小，但看得出是花朵造型的髮飾。

8.婚禮會場

燻銀搭配白色寶石的飾品。

仿造白花製成。

既然如此，對方就是已婚吧。霸修理解了。

另外，雖然霸修並不知情，這個髮飾的造型是名為雪花蓮的花。

花語為「盼你逝去」。

精靈軍暗殺部隊的隊徽。

「……怎、怎麼了嗎？」

她望著霸修，繃緊了臉。

手伸向懷裡緊握住短劍，完全畏而不前。

眼前的半獸人若有動作，自己會挺身而戰。戰歸戰……卻完全不覺得能贏，怎麼辦才好？她的態度給人這種感覺。

「喂，別盯著我的部下瞧過頭。看見暗殺部隊會警戒是可以理解，但她不會做什麼的，畢竟戰爭已經結束了。欸，你懂吧？說起來，這女的前陣子才闖了一點禍，目前正受我保護觀察，我不會讓她有任何行動啦。」

桑德索妮雅說的話讓霸修從她身上挪開視線。

找已婚者沒用。

「咳，好久不見呢，霸修大人，過得好嗎？」

「是啊，上次是在席瓦納西森林碰面的吧。」

「嗯。誰教辦婚禮的人對我來說相當於外甥呢！托里克普多。你記得吧，就是在席瓦納西森林被你搭救的那傢伙。起初我也打算隱藏真面目就是了，畢竟我來的話，會讓他操心過頭。哎，不過出了一些事情，身分立刻就露餡了。結果你知道那傢伙怎麼說嗎？明明我人都來了，他卻表示：『桑德索妮雅大人並不需要多照料吧。還請隨意。』你不覺得他可以多用點心嗎？那傢伙以為我幫他擦過幾次屁股啊？從初次換尿布就開始了耶。真是……」

「……這樣啊。」

「話說回來，果然你也到場了啊。呃，我沒有惡意喔。倒不如說，我也覺得你應該來的。儘管六位公主大概會排斥，但你是跟勇者雷托交手的最後一名戰士。這樣的你能到現場，有莫大的意義。」

霸修感到困惑。

桑德索妮雅像個老朋友一樣喋喋不休，然而他們根本沒有那麼要好才對。

自己固然向桑德索妮雅求婚過，卻被甩了。關係理應在那時候已經結束。

難道說，女精靈甩掉求婚對象以後，關係就會變得親暱？

當然，從霸修的立場並不反感。

8.婚禮會場

雖說被桑德索妮雅甩了，她的長相還是合霸修喜好。

她依然美麗，而且惹人憐愛。要是能跟她脫處，霸修甚至覺得就算在今後的人生無法再性交也無妨。

跟她對話不會讓霸修覺得討厭。

不過，桑德索妮雅這名人物講話是如此饒舌，頭一次目睹的霸修因而有些錯愕。

「……哇～～老大，原來她是這麼愛講話的人耶。」

「令人意外。我以為她常常心情不好。」

「喂，我都聽見嘍。有什麼關係呢？我覺得今天是相當可喜的日子，變得長舌也算人之常情，妳說是吧？」

桑德索妮雅把話題拋給旁邊的女精靈——普昆碧麗雅，普昆碧麗雅卻只感到困惑。

她認識的桑德索妮雅一向都是這副調調。

倒不如說，跟霸修講話也像平時一樣親切沒問題嗎？普昆碧麗雅甚至覺得不安。

「請問，桑德索妮雅大人，妳跟霸修大人……關係很親密嗎？」

「嗯？沒有，我們並不算多親密喔。但是呢，戰爭已經結束了，我心裡對這傢伙的疙瘩也化解了，往後要好好相處才行嘛！」

桑德索妮雅說著就伸手拍了拍霸修的上臂。

不經意的肢體接觸點燃了霸修身為處男的心火。

假如沒被甩掉，又不是在作戰行動的途中，霸修或許又會開始追桑德索妮雅。

光是態度親切點就會迷上對方，處男便是如此可悲的生物。

「……」

然而，現在的霸修正在執行作戰。

目標並非桑德索妮雅，而是別的女人。

分心在已經沒希望的女人身上，讓自己錯失目標可不行。

然而肢體接觸的感覺難以形容。桑德索妮雅的手掌冰冰涼涼，而且柔軟。霸修希望她能一直摸，也希望她能一直講個不停。

但是，一直這樣會壞事。

霸修必須找恰當的時機溜出這場典禮，去跟希爾薇亞娜見面。而且，在那裡有希爾薇亞娜豐滿的肉體正等著帶他風光脫處。

……不過霸修希望能繼續肢體接觸。

無論有多大的獎勵等在後頭，眼前的誘惑總是效力強勁。

想走卻又不想走。

像這樣矛盾的情緒，讓霸修為難地皺起臉。

8.婚禮會場

普昆碧麗雅見狀，連忙低下頭賠罪。

「萬、萬分抱歉。是桑德索妮雅大人輕慢了！」

「什、什麼叫我對他輕慢。有何不可呢？拍拍肩膀而已。我可沒有拍得多用力……難不成你在記恨席瓦納西森林那件事？對不起啦，那時候對你太凶，可是我也沒辦法啊。你會懂的吧？」

「不，妳不用道歉。」

霸修不太明白這是在道歉什麼，即使對方說他會懂也還是不懂，總之就先搖了頭。

「這麼說來，之前你好像也挺辛苦的呢，被六位公主一夥人找麻煩……要是他們還敢說什麼，你就告訴我，下次我不會讓你被趕走的。沒什麼，包在我身上。別看我這樣，地位可是很高的。」

桑德索妮雅挺起薄薄的胸脯。

霸修的目光盯在那薄又確實具有存在感的隆起上，嘴角自然就放鬆了。

簡直像是霸修帶著苦笑，正在聽桑德索妮雅自誇。那幅畫面也是可以如此解讀。

旁人也跟著心想：「桑德索妮雅大人好好喔，可以跟霸修大人講到話。」因而羨慕得乾瞪眼。

現場開始瀰漫著一股難以言喻而又不壞的氣氛。

「不然，你跟那些傢伙談談跟勇者雷托交手時的事情吧。或許有點遲了，但是那樣肯定能讓他們放下心中的大石……嗯？」

桑德索妮雅提議到一半，會場內部躁動起來。

「哦，演說的時間好像到了。」

「什麼？伊瑞菈公主嗎？」

「嗯，應該會從伊瑞菈開始吧。不過托里克普多和女王也會演說喔。」

伊瑞菈公主的演說即將開始。

這項事實讓霸修回過神。

信裡有寫到「當伊瑞菈開始演說時，請來聖樹下找我」。

不能在這裡蘑菇了。

「其實我也有幫女王琢磨演說稿。沒什麼，這不算多了不起的事，因為雷歐娜說她無論如何都覺得不安，我就幫忙潤色了一下。我在這種典禮上發表演講的機會也很多，所以要幫這種忙——」

「失陪。」

「喂？你、你要去哪裡？演說就快開始了喔。哎，我也不是說非問不可啦……啊，是要上廁所嗎！原來你都憋著嗎！那真不好意思！乾杯前要趕回來喔！」

8.婚禮會場

霸修開始朝建築物後面，那棵高高聳立的聖樹快步走去。

萬一讓對方久等，那可不行。

9. 聖樹種子

獸人族的聖樹禁止擅入。

不過，唯獨王室成員例外。王室成員可以不經批准就靠近聖樹。

因此希爾薇亞娜伴同完全遮住肌膚的凱珞特來到了聖樹。途中，她們曾與好幾名衛兵錯身而過，但都沒有遭受責怪。

目前希爾薇亞娜正在看凱珞特向聖樹祈禱。

她第一次看魅魔族向信仰對象祈禱。

提到魅魔，就讓人有豪放淫亂的印象。

實際上那並沒有錯。

大多數魅魔看見男人就會臉紅，並且下體溼答答地湊過去。

看在其他種族眼裡，那模樣非常不檢點，缺乏理性又淫亂。

然而，要說到她們是否連信仰都如此，似乎就不是那樣了。

被領到聖樹前的凱珞特跪下來，脫去悶熱的長袍，朝那巨大的樹幹獻了吻。

9.聖樹種子

跟獸人族的祈禱方式不同。

假如有司掌信仰的獸人族神官看見，或許會斷定她是邪教徒，但她那模樣清雅虔誠得讓人無法從魅魔這個種族的形象想像到。

之所以只有王室成員可以未經批准就靠近聖樹，理由並不特別。這是為了避免有不肖分子傷害或砍倒聖樹。

至於凱珞特，似乎不用擔心。

看得出她對聖樹的敬意，祈禱也很認真。

希爾薇亞娜心想：她真是為了向這棵聖樹祈禱才來接近自己的吧。

坦白講，儘管久違的祈禱大概會很費時，希爾薇亞娜還是希望她能趕快完事，好準備迎接霸修的到來。

剛這麼想，凱珞特就起身了。

「已經好了嗎？」

「是啊，夠了喔。謝謝妳。」

然而，回頭的凱珞特手裡多了陌生玩意兒。

紅色的半透明球體。先前她並沒有拿著。

「那是？」

「跟妳無關的東西喲。」

凱珞特如此回話的臉色感覺有幾分瞧不起希爾薇亞娜的味道。

「……妳那是什麼臉？」

「什麼『什麼臉』？」

「妳那張臉，看了非常不愉快。」

「啊哈哈，對不起喔。我原本就是這副臉孔。」

「妳的臉孔是什麼樣都無所謂，既然我實現了妳的心願，要是妳沒替我把事情辦成就傷腦筋了。」

「呵呵，是啊，當然了。妳瞧，看來他就要到嘍。」

凱珞特一邊妖豔地笑，一邊望向聖樹大廳的入口。

那裡有道高大的身影，高大得不可能會是智人或獸人。

然而，那身影又比食人魔嬌小。

是半獸人。

可是，希爾薇亞娜察覺到了。

有哪裡不對勁。那個半獸人看起來比霸修高大一些。霸修比獸人壯一圈，體格以獸人而言可以稱為彪形大漢才對。

9.聖樹種子

但那個半獸人又比霸修壯了一圈。

更重要的是還有一點不對勁。

顏色。跟霸修相比，那個半獸人膚色顯得泛藍。

霸修的皮膚跟一般半獸人一樣，理應是綠色。

不對，他不是霸修。那是別的半獸人。

「凱珞特……？」

希爾薇亞娜回頭。

可是，凱珞特只是妖豔地笑。

「……怎麼了嗎，公主？」

希爾薇亞娜心中滿是不安。

她的脊髓在警告事情不太妙。

「……！」

希爾薇亞娜立刻想拔腿就跑。

可是未能如願。等她發現時，臉就撞到地上了。

「哎呀呀……」

當發現是被凱珞特絆倒，凱珞特已將希爾薇亞娜的手扭到身後，還用膝蓋壓著她的腰。

「妳幹什麼……！放手！」

「我只是壓在妳身上啊。連這樣都掙脫不了，妳是不是運動不足？」

「來人啊！衛兵！衛兵！」

「不會有人來喔。因為在路上錯身而過的衛兵，全～部被我先施了『魅惑』。」

那根本瞧不起人的口氣使得希爾薇亞娜全身用力，肘關節卻完全被鎖住了。

希爾薇亞娜只能一邊發出呻吟一邊伸腳亂踢。

「我實現了妳的心願吧！」

「是啊，多虧如此我才能靠近聖樹，還讓我的僕人跟著混了進來。瞧，連聖樹種子都像這樣到手了。」

凱珞特把紅色球體當抓子兒把玩，露出妖豔的笑容。

「妳背叛我嗎！」

「沒錯，自作聰明的笨女孩。」

被對方罵笨，希爾薇亞娜的臉先是變紅，而後逐漸發青。

的確，她以為主導權握在自己手上。

為了陷害霸修，她以為挑了最合適的方式。

「不過妳不能自責喔。畢竟我是『嬌喘的凱珞特』，我的『魅惑』也能讓女人嬌喘。」

9.聖樹種子

「……！」

「雖然施法的效果不比男人，但足以增幅慾望，讓妳失去理性，促使內心出現破綻。即使妳中了我的魔法，被垂在眼前的餌釣到，也不是單純因為妳笨。所以，別太自責喔。」

對女人也有效的魅惑魔法。

不可能有那種玩意兒。

希爾薇亞娜在內心吶喊，不過換成平常的話，她在判斷時確實還能更冷靜一點。

為了避免落到這樣的處境，她起碼會先布局才對。

儘管希爾薇亞娜也知道自己個性莽撞，但是在一開始她就察覺這個人「來者不善」了。

「妳打算怎麼對我！」

「我不會拿妳怎樣啊。只是要妳死而已……」

「唔……！」

希爾薇亞娜狂亂掙扎。

可是，擒拿解不開。

不知不覺間，藍半獸人已經站到希爾薇亞娜面前。

眼神空洞，嘴邊還滴著口水。

「住手！放開我！」

「不過，我改變主意了。光是要妳死可不行。」

「咦……難道妳……」

「呵呵。」

那句話讓希爾薇亞娜臉上失去血色。

她打算叫這個藍半獸人侵犯自己？

連向霸修復仇都辦不到，還要被陌生半獸人侵犯，在體驗過極度的屈辱後，再被人砍下腦袋。

她不要那樣的死法，根本是白白送命嘛。

「為什麼妳要這樣？我對妳做過什麼嗎！」

「霸修大人……『半獸人英雄』是我們魅魔族的恩人喔。不，別說魅魔族，無論是七種族聯合裡的哪一族，都曾受過那一位幫助。他不是妳這種小丫頭可以拿來玩弄出氣的對象，懂嗎？」

凱珞特的語氣逐漸改變。

變成低沉、尖銳且蘊藏憎惡與憤怒的嗓音。

「妳卻用那種狗眼看人低的方式待他，甚至想陷他於罪。我絕不會饒過妳。我不會讓妳輕易被殺，妳要受到相應的懲罰──讓人覺得死了還比較像樣的懲罰。」

9.聖樹種子

這時候，希爾薇亞娜才發現自己踩到了老虎尾巴。

「半獸人英雄」霸修。

在世界各地留下逸聞，擁有好幾個外號，老兵們無不畏懼、無不敬重的戰場惡魔。

無一不是如此。

所有種族的強者都對他存著敬畏。

那表示他征戰過萬般戰場，獲得勝利，並且一路幫助了他人。

如同獸人都景仰勇者雷托，七種族聯合的戰士們也都景仰著霸修。

那對魅魔來說也不例外。

「不過，真不愧是霸修大人呢。來到異國之地，還跟異國公主約會，卻懂得拿出紳士風度當一名護花使者。儘管安排的行程像是從哪本雜誌上急就章學來的，但半獸人根本就沒有護花使者的文化，他肯定是設想過會有類似這次的情況才事先預習的呢。跟其他半獸人不一樣，好勤學喔。」

凱珞特臉紅且陶醉地說。

希爾薇亞娜感到毛骨悚然，同時靠轉動視線來張望四周。

得設法脫離這個處境。

擒拿解不開。

9.聖樹種子

凱珞特……「嬌喘的凱珞特」。

在戰爭中馳名已久的強者之一。乍看下只像個色女，實力卻是掛保證的。希爾薇亞娜跟她在體能方面差太多了。就算能解開擒拿，希爾薇亞娜也對站在旁邊的壯碩藍半獸人毫無辦法。

她能做的，就只有耍嘴皮而已。

「只為了那點理由就要侵犯我，然後殺我嗎！那、那樣才會惹霸修生氣喔！」

「怎麼會呢？」

「那傢伙一直小心翼翼地沒有碰我！為了避免半獸人與獸人爆發戰爭，他都有所顧忌。這樣的話，妳的行動等於違背了他的意願！」

「啊啊……」

「沒錯，殺了我會引發戰爭喔！會滅族的！半獸人和魅魔都一樣！」

「妳在說什麼呢？那就是妳的心願吧？……不過，說得也是。當然了，那一位或許會發怒呢。」

「知道的話，就趕快解開妳的擒拿，趁現在我還能放妳一馬。」

希爾薇亞娜在內心竊笑，並這麼說道。

她嘴邊掛著淺淺的笑容。

擒拿解開的瞬間，她將到婚禮會場揭露一切，並高聲主張自己中了魅魔與半獸人的陷阱，還差點遭到侵犯。這就是她的企圖。

「不過，那一位也是半獸人……只要聽過我的解釋，肯定就會站在我這邊才對喲。畢竟半獸人被妳這樣的小丫頭耍弄，怎麼可能不生氣呢。」

「難、難不成他會信妳說的話？」

「會啊，我們是戰友。」

凱珞特一面紅著臉這麼說，一面舉起紅色球體。

「何況，我的目的又不是只有拉霸修大人入夥。」

紅色的球體。

那之中看似有某種神聖的波動正向外釋出。

仔細想想，凱珞特吻聖樹之前，手裡並沒有拿著那個。

莫非那是從聖樹中取出來的？

「……！」

思索到這裡，讓希爾薇亞娜不寒而慄。

自己該不會鑄下了某種無可挽救的大錯？

雖然打算為達目的不擇手段，可是相較於自己的尊嚴，是不是有更重要的事物要被毀掉

9.聖樹種子

了？

「這叫聖樹種子，具有很厲害的力量喔。一般要在聖樹換代時才能夠採得，但只要用上魅魔的吸精術，就像妳看到的一樣。」

「聖樹種子……？那種東西，妳要用在什麼地方……？」

「其實這是祕密，不過我特別向妳透露。」

凱珞特把嘴湊到希爾薇亞娜耳邊，然後細語。

簡直像跟情人同床共枕時一樣，好似在柔聲訴愛。

「這能讓格帝古茲大人復活。」

惡魔王格帝古茲。

因為有他在，四種族同盟差點滅亡；因為他不在世上，七種族聯合敗北了。是他將戰爭導向終結，是他的死結束了戰爭。

戰爭的化身。

在持續幾千年的戰爭中最為凶惡，也最為傑出，而且最不該存在的男人。

萬一他死而復生……那就……

「那怎麼可以，要是妳那樣做，世界就……」

希爾薇亞娜回想起來。

小時候，那段必須畏懼一切而活的時期。

從黑暗中傳來的慘叫；早上才打過招呼的侍女，也會在隔天夜裡就離開人世。

不過，那在某天結束了。

獲得精靈與智人幫助，又有勇者雷托挺身奮鬥，獸人族振作起來了。

從那之後，希爾薇亞娜得到了與獸人族公主身分相稱的生活。

可是，這一次不會那樣了。

這一次，惡魔王格帝古茲不會被打倒。傑出如他，不可能重蹈覆轍。

這一次獸人族必定會滅亡吧。跟當時一樣被逼到絕境，卻又得不到任何協助，連要重振都沒辦法。

因為勇者雷托已經不在了。

「不要緊喔。我會讓妳在特等席坐觀世界的情勢，以妳最討厭、最恨的半獸人的妻子身分……」

「難、難道妳要讓我跟霸修……」

「說什麼啊？像妳這樣性格惡劣的女人，不配當霸修大人的妻子吧？」

凱珞特的眼睛發出紅光，藍半獸人隨之行動。

「呵呵呵，居然能賞賜妻子給僕人，我這個當主人的也真是有福分……加坎，你可以上她嘍。」

希爾薇亞娜受到的擒拿忽然解開，她立刻想起身卻無法如願。因為半獸人馬上把她壓住了。

半獸人眼神空洞，胯下卻隆起了一大片。

彷彿在暗示希爾薇亞娜的未來。

「不要！放開我！住手！」

「呵呵呵呵，加坎真是的，看來似乎很高興呢。啊，這麼說來，記得收他當僕人之前，他說過自己的夢想就是逼公主生好幾個小孩……既然獸人族多子多產，公主會替你生很多小孩喔。夢想能實現，太好了呢。」

「來人啊！誰來救救我！」

「沒人會聽見喲。畢竟這裡是王宮深處，附近的衛兵又全～～部都變成了我的僕人。再說霸修大人應該還到不了……哎呀？還是說，妳該不會仍是處子之身？這樣的話，把妳留給霸修大人會不會比較好呢……哎，他並不會介意吧。畢竟在戰爭時，他抱那些保有處子之身的公主應該也抱膩了……」

「來人啊，來人啊啊啊啊！」

「吵死了，跟妳說過，沒有人會來的。」

凱珞特嘻嘻一笑，就在這時候——

「不，我就在這裡。」

這句話是從入口傳來的。

凱珞特、希爾薇亞娜、被稱作加坎的藍半獸人因而抬起臉。

入口站著一名男子。

凱珞特盼到了在等的人，便露出笑容。

「哎呀，您來得還真早呢，霸修大人，首先請容我說明這個狀況……」

然而，她這句話說到一半就消失了。

男子戴了仿女性臉孔製成的面具，手裡還拿著樂器。

其膚色像智人一樣白，體格像智人一樣嬌小。

簡單說就是智人。

並非霸修。

「…………誰？」

凱珞特與希爾薇亞娜同時發出了聲音。

9.聖樹種子

男子聽見，便演奏樂器。

「愛與和平的使者埃洛爾，在此參見。」

他撥彈出低俗的樂音。

10. 魅魔的斷喊

那名男子突然出現，讓現場散發掃興的氣氛。
主要是凱珞特散發出來的。
「……啥？你是被找來替婚禮表演娛興節目的丑角嗎？會場可不在這裡喔。」
「我自知這麼做很痴狂，但我並不是丑角。」
埃洛爾咳了一聲清嗓，「啊～～啊～～」地試著發聲後，又演奏起樂器。
殺豬般的撥弦聲在四周傳開。
兩名女性以為他準備自彈自唱，都擺出提防架式，然而對方並沒有要開唱。
「『嬌喘』的凱珞特，我一直在追蹤妳。」
「哦～～？熱情粉絲？偶爾是會有這種情形，男生跑來自願被我吃……」
「想讓格帝古茲復活的勢力將在婚禮出手做些什麼。我聽到這項情報後就一直在找妳。
假如沒發現聖樹附近的士兵們中了『魅惑』，或許就無法抵達這裡……所幸我有趕上。」
「……說真的，你是什麼人？」

10.魅魔的嘶喊

凱珞特提高戒心，回到希爾薇亞娜旁邊。

埃洛爾上前一步。

「凱珞特，妳身為魅魔族的英雄，在國內應該有獲得相應的地位。」

「呵，不肯回答問題啊。我不討厭像你這種強硬的男人喲。」

「為什麼妳會想讓格帝古茲在這個和平的時代復活，打算回歸動亂的時代呢？」

原本露出溫和微笑的凱珞特聽見這句話，頓時停了下來。

「和平？你剛才是不是提到了和平？」

凱珞特哼聲一笑，伸開單臂。

埃洛爾眼裡映出凱珞特美妙的身軀。

著實煽情的服裝。若不知道她是魅魔，智人男子都會恍恍惚惚地被她吸引過去吧。

「這套衣服，很適合我吧？」

「是啊，相當適合，甚至讓人不知道該看哪裡。」

「對吧？我也很滿意喲。不過……你知道嗎？盧尼亞斯條約，第十六條。」

那是知名的條約。

「……魅魔不得於他國暴露肌膚。」

「沒錯，拜這條法律所賜，我們連自己喜歡的衣服都被禁穿了。」

「但是，那條法律應該只有禁止暴露陰部。」

「哈，哪裡有那樣寫到呢？說肌膚就是肌膚。胸部肩膀手臂背後雙腿，還有頭髮與手指，只要你們說是肌膚就算肌膚！要出國的話，我們還必須遮住頭髮和臉孔才可以！然後，盧尼亞斯條約，第十七條！」

「……魅魔不得於公共場合胡亂誘惑男性。」

「欸，你曉得嗎？『你好』這句問候，似乎也算是誘惑喔！」

「……」

「我們連要在公共場所跟異族男性搭話，都遭到禁止了！」

凱珞特的音量越來越大。

不久那便成了嘶喊從凱珞特的口中冒出。

「國內所有人都在挨餓！不只老人或年輕人！連戰後出生的小孩，都會因為無法飽餐而死去！想也知道會這樣啊！畢竟我們有沒有飯吃，全看你們的裁量！」

「那是因為……妳們在戰後一年間對待罪犯太過草率，就錯手殺了他們吧。」

「我們又不是想殺才殺的！當時我們並沒有足夠的餘裕與知識餵養精奴！而且你們每一個國家都不肯提供我們資助！」

「那是因為每個國家都缺乏餘裕。」

10.魅魔的嘶喊

「錯了！因為你們送來的都是被自國當成燙手山芋的罪犯！你們根本就不在乎他們的死活！」

「……」

「於是，即使我們忍受現況，遵守單方面訂出的規範，還是會因為魅魔身分就受到警戒，受到歧視！」

「……」

「這樣哪叫和平！和平的就只有你們四種族同盟那些人嘛！魅魔族現在可是面臨滅絕危機了。」

「我明白了。我會與國家高層商討，籌組願意到妳們國家當義工的人員——」

「別鬧了！」

凱珞特的吼聲響遍聖樹大廳。

埃洛爾說不出話了。

因為凱珞特已經淚眼汪汪。

「這一年來，我走遍了全世界。我到各國拜託他們，希望能多分到一些人。我自認有低下頭誠心誠意拜託喔，但是……欸，智人，你叫埃洛爾是吧？你覺得當我到你的國家時，我被說了些什麼？被做了些什麼？」

埃洛爾沒回話。埃洛爾不明白。埃洛爾什麼都不知情。

不過他也有知道的事。無論在智人或精靈的國家，魅魔族都受到厭惡，尤其女性更視她們如蛇蠍。

受厭惡程度可以與半獸人成為雙璧。

這樣的魅魔族被禁止在公眾場合與男性對話。

各國高層都設有負責應對魅魔的官員。

而智人這邊負責的官員是以厭惡魅魔聞名的女性。

埃洛爾不知道凱珞特被說了些什麼，也不知道她被做了些什麼。

可是，她十分有可能沒保住生而為人的尊嚴。

「那我感到很抱歉。我代她向妳謝罪。」

「我不在乎。就算能讓你低頭，也填不飽我們的肚子。而且又不是只有你的國家，矮人族態度還算像樣，但精靈就跟智人差不多過分……獸人也一樣過分喔。」

凱珞特說完，就把手放到被藍半獸人扛著的希爾薇亞娜頭上。

手臂雖細，但魅魔族會透過魔法強化肉體。

像希爾薇亞娜的頭這樣，應該會被輕易掐爆吧。

「為了進入這棵聖樹，起初我是從正面光明磊落地拜託喔。我說自己是信奉狩獵之神的

10.魅魔的嘶喊

魅魔，懇請讓我向聖樹祈禱，一次就好……結果，你覺得獸人對我說了什麼？」

凱珞特在手上使勁。

「妳這種汙穢的種族也敢信奉狩獵之神，簡直玷汙了信仰——獸人是這麼說的喔。魅魔就連信仰都會遭受否定！」

「住手！」

「……沒事的，我不會殺她，現在還不會。」

希爾薇亞娜的頭並沒有被掐爆。

「我明白魅魔族的處境了。我會立刻呼籲，設法改善狀況，所以……」

「啊哈哈！已經太晚嘍！我沒空陪你玩家家酒！啊，對了，既然話說到這個分上，你肯來魅魔之國嗎？大家會傾全心溫柔對待你喔。」

「不好意思，我辦不到，我有責任要負。不過我會設法，我向妳保證。或許確實已經嫌晚了，在妳看來也覺得像辦家家酒，但我是認真以世界和平為目標。」

「要是能在一年前聽你這麼說，我大概就奉你為主，成為你的情婦了吧……但已經太晚了。」

語畢，凱珞特放開希爾薇亞娜的頭，並且再次伸腳踩住她。

「我們談完了。」

「談完以後，妳打算怎麼做呢？難道妳認為自己逃得出這裡？」

「要逃可簡單了。我會從那道門離開，光明正大地走出這裡。」

「難道妳認為我會容許妳那麼做？」

「哎呀呀，莫非你不容許？但是，哪怕你不容許，我只要硬闖就好。」

「難道妳認為在我面前做得到？」

「唉……加坎，給我把這個高估自己的大男孩從路上清除。」

凱珞特說的話讓藍半獸人有了動作。

他舉起斧頭朝埃洛爾而去。

加坎。

「藍雷吼加坎」。

在戰場上總是搶先任何人發出戰吼，趕赴作戰也快過任何人的老練戰士。

明明不是法師，醒目的藍色肌膚卻能讓觸及之物溫度下降。

具備強大寒氣抗性的同時，還具備強大火焰抗性，天賦二秉的半獸人。

存活至終戰的八名大隊長之一。

「是嗎？我很遺憾。」

埃洛爾把手伸向腰際的佩劍。

10.魅魔的嘶喊

霎時間，劍冒出火焰。原本包覆著劍的破布隨之燒掉，使其現出真面目。

「……那柄劍！」

凱珞特倒抽一口氣。

那是人人都看過的一柄劍。

黃金劍柄上刻有太陽紋樣，中央鑲著紅寶石。

劍身綻發銀光，周圍環繞蜃景。其優美及神聖可奪走一眾觀者的目光。

劍名為太陽。

「太陽寶劍」，智人王室的寶具之一。

其斬擊能焚盡萬物，為持劍者帶來勝利。

「容我重新報上名號……」

埃洛爾拔劍──那柄「太陽寶劍」。

剎那間，世界改變了。籠罩天空的雲層消滅於轉眼之間。

放晴。晴朗支配天空。

埃洛爾摘掉面具，從底下露出臉的是個五官端正的智人男子。

尖臉細長眼。毫無傷痕的俊秀臉龐，代表他在戰場上一次也沒有讓劍觸及自己的臉。

他報上名號。

10.魅魔的嘶喊

「吾名為納札爾・立夏・凱努士・葛蘭德琉斯！智人王室二王子兼『太陽寶劍』的繼承者！」

納札爾。智人族王子納札爾。

又名「來天王子」。

智人族最強劍士，同時也是打倒惡魔王的英雄。

他走過的路都被陽光照射。

「而且，我將是擊潰你們的野心，為這個世界帶來真正和平的人！」

「不好！加坎，你退下！」

凱珞特說得晚了。

不，如果碰上尋常的對手，應該就不晚。加坎是優秀的戰士，接到指示才退應該也來得及。

但對方是納札爾，手裡所握乃「太陽寶劍」。

加坎聽從命令，右腿使勁，準備墊步抽身。

只有右半身後退了，左半身留在原地。

藍半獸人的巨大身軀被縱向劈成了兩半。

失去平衡而開始倒下的殘軀為火焰所包裹。

火焰瞬間燒盡傷口，將藍半獸人的軀體燒得焦黑。當身軀完全倒下時，已經無人能辨別肉體的主人曾有一身藍色肌膚。

「……加坎！」

凱珞特沉痛的叫聲響遍現場。

半獸人沒回應。除非具備高超魔法抗性，否則「太陽寶劍」的一擊必會帶來死亡，過人力量連回復魔法或復活魔法都無法救命。

令惡魔王格帝古茲傷重致死的一擊。

「……凱珞特，妳可以投降的。我不會虧待妳。」

「……」

凱珞特沒回話。

相對地，她帶著淡然表情，一腳踩住想爬行逃離的希爾薇亞娜，箝制其行動。

「我怎麼可能投降呢？」

「明知對手是我，妳依然想打？」

「要說的話嘛，埃洛爾的身分是王子大人有嚇我一跳……但我沒理由逃啊，你也非常明白為什麼吧？」

「……這個嘛，我是不懂。」

10.魅魔的嘶喊

「雖然你裝得一派從容，內心其實正抖個不停啊。現在可不像那時候，有個又溫柔又厲害的大姊姊保護你喔。」

「……跟那時候比，我也已經變強了。」

納札爾說著舉劍備戰。他放低重心，準備邁步而進……

凱珞特的眼睛發出紅光。

「……！」

納札爾停下動作。

「『魅惑』……嗎……！」

「哎呀，好厲害的魔法抗性，我可是動了真格。」

「打從一出生，我就對自己的魔法抗性，有自信……」

納札爾口氣輕鬆，卻不能動。

何止如此，他痛苦得皺起臉，額頭上正冒出粒粒冷汗。

「嗯，雖然加坎死去讓我受了打擊，但現在能得到智人族王子納札爾啊，加加減減算起來，於我無虧。」

「……難道妳覺得，我有那麼容易落入妳手中？」

智人男子對上魅魔極端不利。

何況對手是「嬌喘」，能贏的機率有沒有百分之五都難講。

「你會喔。畢竟沒有男人不吃我這一招『魅惑』……」

凱路特的目光隨之增強。

霎時間，納札爾手裡的「太陽寶劍」更添光輝。與此同時，納札爾脖子上戴的寶石，還有手鐲、鞋子也開始發光。

凱路特的紅光逐漸被扳回。

「你到底帶了多少抗性裝備過來啊？準備周到呢。或者，這是戰勝國在炫耀智人族手頭有多寬綽？」

「……我也想過，會有這種狀況，需要因應。」

儘管納札爾露出痛苦的表情，還是不放開劍。

只要凱路特有意接近給予致命一擊，或者穿過他身旁往出口走去，他就會豁盡力氣使出猛烈的一劍吧。

決意拚到兩敗俱傷的那一劍，凱路特沒有自信能躲開。

如果凱路特有本領躲開，這位王子應該早就在過去的戰爭中喪命了。

話雖如此，納札爾同樣缺乏主動邁步揮下這一劍的餘裕。

局面始終一觸即發，唯有時間逐漸經過。

10.魅魔的嘶喊

「膠著狀態啊，這下傷腦筋了。」

納札爾說這些話時的臉色不顯焦慮。

希爾薇亞娜被殺固然令人困擾，只要這個形勢持續下去，會場那邊遲早也會發現狀況有異。

今天來了好幾個直覺敏銳的賓客，當中也包含桑德索妮雅。

桑德索妮雅是凱珞特的天敵。

在戰爭中，據說桑德索妮雅直接對上凱珞特的戰役，都是由桑德索妮雅全面獲得壓倒性勝利。

爭取時間就肯定能贏。納札爾這麼心想，便完全處於被動。

「原來如此，你覺得只要爭取時間等桑德索妮雅那些人察覺，就會有援軍過來啊……」

凱珞特笑了笑。

「但是下一個到場的人，可未必跟你同陣營喔。」

在凱珞特這麼說完的瞬間，埃洛爾察覺有道氣息正從背後接近。

強大的氣息。

每走一步，彷彿比自己大十幾倍的捕食者接近而來的恐懼就隨之擴大。

對方一步又一步靠近。

速度絕不算慢。簡直像要捕食盼望已久的獵物，腳步輕巧且迅速。

緊張感不由分說地逐漸提高。

除了希爾薇亞娜，所有人都認得那陣腳步聲、那股氣息。

而且就在此刻，那股氣息現出了真面目……

「啊，老大，在這裡。」

這時候，把頭探出來的是一隻妖精。

短瞬間讓人精神鬆懈。

什麼嘛，原來是隻妖精。

然而下個瞬間，眾人又收斂心思。

在場所有人都認得那隻妖精。

那人出現時，必然會有擔任斥候的妖精出現。有時候那妖精還會輕易被抓，因此就得到了這樣的稱呼。

「灑餌捷兒」。

然後，若有人咬了灑出的餌，那傢伙必會現身。

「好。」

那傢伙緩緩地現出面貌了。

10.魅魔的嘶喊

綠色肌膚，以半獸人而言個頭算小，卻長滿結實肌肉的肉體。

其肉體包覆著獸人族正式服裝，可以稱為註冊商標的不毀大劍也沒有揹在身後，壓倒性的強者氣息卻不會改變。

「半獸人英雄」霸修。

「難道……你也是跟她一夥的……？」

埃洛爾的低喃和他的冷汗同時冒了出來。

11. 和平使者

納札爾．凱努士．葛蘭德琉斯。

智人族王室葛蘭德琉斯的第三個子嗣兼二王子。身為智人族最強的劍士，同時也是打倒了惡魔王格帝古茲的來天王子。

如假包換的英雄。

這樣的他，人生皆為榮耀所點綴……並沒有這回事。

他在人生中的第一幕始於敗北。

納札爾曾有個姊姊。

立夏．凱努士．葛蘭德琉斯。

他的雙胞胎姊姊，而且極為優秀。

在納札爾連記憶都還曖昧不清的嬰孩時期，他的成長過程就輸給姊姊了。

首先，出生時納札爾比立夏晚到世上。

先吸了母親的奶、先在地上爬著走、先用雙腳站直的，全都是姊姊。

11.和平使者

等納札爾開始揮劍時，差距已經連旁人都能明顯看出來。
無論是劍術、腳程或學問。
納札爾沒有任何一項曾贏過姊姊。
不過，納札爾並非毫無才華。
他不及姊姊，只是差了一招，或者差了一步，假如立夏沒有出生，納札爾應當就是智人史上最強的存在。
當時的智人王，身為納札爾祖父的男子曾對納札爾的父親下令，要毫無分別地養育他們倆。
他堅信這對雙胞胎將會改變戰爭的走向。
父親信守承諾，用相當的方式將納札爾與立夏養育長大，成為最強的雙胞胎。
立夏與納札爾各自繼承了智人族王室的祕寶「雷雲寶劍」與「太陽寶劍」。
「降天公主」及「來天王子」。
聽聞其名號，連知名的敵將都要發抖。
要說納札爾不覺得自卑，那就是騙人的了。
然而，當時的戰況惡劣到讓他無法去介意那些。
有姊姊這個可以寄予絕對信任的存在反而讓他寬心。

他們感情並不壞。姊弟倆總是在一塊，吃同樣的東西，看同樣的人事物，開類似的玩笑，對彼此露出類似的笑容。

納札爾知道立夏的一切。

所以自卑感根本沒有導致什麼後果。

只不過，那並沒有永遠持續下去。

立夏是永遠都比納札爾快的女人。比納札爾更早一步到戰場，比納札爾多打倒一名敵人，比納札爾多救一名友軍。

而且也比納札爾死得早。

為了在成為激戰區的戰場讓友軍脫逃，立夏與少數敢死隊一同留下，然後就沒有歸來。

並沒有人目睹屍體。

大家都說立夏是個優秀的女孩，肯定逃過了一劫活在別處。

可是，後來敵軍廣傳「已打敗智人族公主立夏」的消息，敵軍的士氣也跟著提升，大家都絕望了。

立夏無疑是智人族的希望。

納札爾篤定自己應會死在下一個戰場。

畢竟他們倆一向如此。

11.和平使者

儘管會慢一步，立夏辦得到的事，自己沒有辦不到的。

發生在立夏身上的事，自己也從來沒有少過。

所以自己會死。這是定局。

這麼想的納札爾迎接了下一戰。

於是他活了下來。在雷米厄姆高地的決戰，將惡魔王格帝古茲打敗。

之後的戰役，他都有種如臨夢境的感覺。

勝利接連而至。儘管敗北了兩三次，卻沒有影響到大局。

在不知不覺間，納札爾身為智人族王子、身為斬斃格帝古茲的英雄，已經將名聲納為己有……立夏這個名字幾乎從人們的記憶中消失了。

不，被問到的話，大多數人都會想起來吧，不過頂多就回應「啊，是有那麼一個人」的程度。

無論是哪個國家的英雄，死後只要有別的英雄出現，就會成為故人。

如果像勇者雷托那樣，沒有下一個英雄出現，也是會長久留存於記憶，但是大多數只會留在打敗英雄者的記憶裡，於稱頌該人的詩歌當中登場。

然而納札爾記得。

記得跟立夏交談的每一天。記得她死前那天提過荒誕不經的想法。

那是納札爾連想都無法想像，只能呆愣地聽著的夢幻空談。
所有種族手牽著手，與爭鬥無緣的仙境奇想。
因此，在戰局完全轉變為四種族同盟占優勢時，納札爾下了某種決心。
他決定要實現立夏談過的夢想。
他要讓世界和平。
所以納札爾動作比任何人都快，倡議和平。
因此納札爾才會是「納札爾・立夏・凱努士・葛蘭德琉斯」。
他既是納札爾，也是立夏，更是企求世界和平之人。

■ ■ ■

就這樣過了三年。
納札爾持續為世界和平而奔走。他探訪各國，一路摘除爭鬥的胞芽，運用納札爾的名號大舉行事。
然而智人族王子納札爾之名卻造成了無謂的風波。
靠納札爾義舉做掩護而中飽私囊的人；避著納札爾耳目開始在背後搞鬼的人；揶揄王子

11.和平使者

遊走各國是在玩樂的人，各種分子都出現了。

因故，他從途中改名為愛與和平的使者埃洛爾。

即使如此，很多時候仍非得動用納札爾的名義不可。

用埃洛爾的名字，人們就不會追隨，也無法收集情報，行動將變得遲滯。

所以平時他都以埃洛爾的身分行動，只有必要時才自稱納札爾。

無分日夜，納札爾不停展開活動。能靠溝通解決問題時便靠溝通，否則就來硬的。

坦白講，來硬的情況比較多。

在戰爭獲勝的四種族同盟恣意宰割七種族聯合的各國，掌權取利者都不肯放手。納札爾志在完全和平，便想導正亂象，因而受到智人族權勢分子嫌棄，避之唯恐不及。

納札爾知道各國狀況正在惡化，但動用名號也無法取得的情報逐漸變多。

好幾次更差點遭人暗殺。

對納札爾避之唯恐不及的那些人一直想殺他，而納札爾面對那些人，除了還以顏色也沒有其他選擇。

然而，殺了對方只會讓新的問題接著浮現。

戰爭理應結束了，納札爾的手卻一直沾著血。和平是什麼?他開始感到不明白了。說起來，納札爾只懂戰爭，連要怎麼做才能接近和平都不清楚，全得靠摸索。

摸索到後來，他也累了。

納札爾幾乎死心地認為立夏提到的想法終究是夢幻空談。

而他的耳裡聽見了某項情報。

「有人結夥想讓惡魔王格帝古茲復活，進而重啟戰端。」

惡魔王格帝古茲。

實際交手過的納札爾明白其強大。

可是，個人的強大根本無關緊要。回顧漫長的戰爭，那種等級的人物應該多得是。

惡魔王格帝古茲可怕的地方在於那以外的所有能力。

萬一格帝古茲復活，使戰爭再度爆發，這次四種族同盟就會滅亡吧。

或者七種族聯合也會少了某種族。

到最後肯定將變得和平。在格帝古茲的支配下，世界應能統一。

然而，那不一樣。

畢竟納札爾．立夏．凱努士．葛蘭德琉斯追求的和平是所有種族都能笑著生活的世界。

立夏是那麼告訴他的。

正因如此，納札爾打算阻止。

為此，縱使會發生小規模衝突，他仍打算用全心全力擊潰敵人的企畫。

就算他無法抬頭挺胸地說那是能邁向真正和平的行動。

如果是這點事，自己仍有把握做得到。

■

納札爾是智人族王子。

智人族最強劍士的實力可謂有目共睹。但即使高強如他，一樣會有幾個勝算不高的對手存在。

首先是外號「嬌喘」的凱珞特。

納札爾在戰爭中曾與她對上三次。

三次交手都敗北，還要讓姊姊立夏援救。

立夏凌駕於凱珞特，很快就逼得她撤退。

立夏與凱珞特的差距之大，足以讓人覺得立夏不可能輸。

雖說立夏比納札爾強，但頂多只勝一招或一步。

這樣的話，納札爾若與凱珞特正常交手，恐怕也是能贏的。然而「魅惑」的存在卻不容如此，納札爾要與凱珞特鬥，根本就不是對手，只會單方面遭到捕食。

故針對魅魔族，納札爾還有智人族王室一直在研究對策。要讓彼此在一對一之下尚能較量。

然而……

「難道……你也是跟她一夥的……？」

「半獸人英雄」霸修。

納札爾曾與他對上兩次。

第一次並沒有將他視為多大的威脅。之所以如此，是因為雙方並沒有好好交手。當時智人軍正在撤退途中，霸修不過是眾多威脅之一。

而且，當時有許多比霸修更具威脅的敵人。

事情過後頂多只會察覺：「這麼說來，當時有個強過其他人的綠半獸人。原來那就是霸修啊。」

第二次要忘也忘不了。

剛打倒惡魔王格帝古茲。

那傢伙就出現了。渾身是血，帶著壓倒性的存在感，送來壓倒性的絕望感。

剛打倒格帝古茲王，納札爾受了重創，桑德索妮雅昏厥，多拉多拉多邦嘎則已經戰死。能作戰的只剩勇者雷托，就連雷托也身處窘境，無法說可以正常應戰。

11.和平使者

於是，納札爾撤退，而雷托戰死了。

事情過後，納札爾才得知那個半獸人是擁有眾多外號的怪物。

還得知對方是在雷米厄姆高地決戰中打敗巨龍的勇士。

而且在格帝古茲死後一直到終戰前的幾年間，每次聽見他的傳聞，納札爾就覺得自己遲早得跟對方做個了斷。雖然不覺得能贏，納札爾還是認為只有當時扛著桑德索妮雅撤退的自己能做個了結。

不過，戰爭在那之前結束了。

是納札爾讓它結束的。

他也參加了跟半獸人國之間的和平會談，在霸修附近聽過「濺血的莉莉」發表演講，並在霸修守候下簽署了條約。

會談之際，霸修在半獸人當中顯得格外威風凶猛，看似與和平是無緣的存在。

話雖這麼說，那天納札爾也覺得自己應該沒機會與他再戰了。

他如此相信。

「你在問，我跟她是不是同夥……？」

但現在納札爾目睹霸修帶著可怕的臉色交互看著他與凱珞特，就否定了自己的想法。

這本來就是辦不到的事。

追求全種族和平共處。

如同凱路特所訴，敗戰國的處境始終嚴苛。

當戰勝國的權貴變肥變胖時，敗戰國當中格外受厭惡的種族正在消瘦受欺凌。

而且，每當有不滿現狀的人流亡至各國為惡，狀況就會更加惡化。

凱路特似乎做過努力，卻沒能如願。

她來找智人族時，若是能見到納札爾，納札爾應該就會為她設法。或許他能做的事實在微不足道，但只要以他的身分出手，起碼能通融多分點糧食給魅魔族才對。

但是，智人族權貴並不會蠢到替區區魅魔引見英雄納札爾，在她的訴狀送達之前就先壓下來了。

雖然納札爾探訪過各國，卻不了解魅魔之國的處境如此緊迫。

納札爾對於半獸人國的現況並不熟悉。

半獸人幾乎不從事外交，情報比魅魔更難取得。

然而，納札爾不知道七種族聯合正逐漸衰退。

半獸人是比魅魔族更不擅外交的種族，即使被各國鯨吞蠶食也不足為奇。連知名的「藍雷吼加坎」都變成了受通緝的流浪半獸人，這就是證據。

沒錯，甚至是存活的幾位受敬重的大隊長也無法滿足於國家的現狀，因而出奔流浪。

11.和平使者

坦白講，聽到霸修動身旅行的情報時曾讓納札爾膽寒。

被譽為「半獸人英雄」的強豪都要流浪，半獸人國會分崩離析是可以想見的吧。但聽說霸修在各國除去流浪半獸人及惹事的半獸人，納札爾便捂胸鬆了口氣。

精靈、智人、矮人能透過這位「半獸人英雄」理解半獸人的驕傲，並對他們改觀，納札爾感到很欣慰。

雖然那只占了一小部分，即使如此，以往對半獸人這個種族懷有強烈偏見的人們能重新體認半獸人同樣也是人，更是一個有尊嚴的戰士集團，實在令人高興。

聽到霸修是為了取回半獸人的驕傲才做這些事，納札爾受到了鼓舞。

他心想縱使形式稍有差異，自己所做的與霸修所做的是朝著同一個方向在努力。

所以霸修出現在獸人之國時，納札爾也幫了他。

讓他通過國境，還帶他進王宮。

納札爾知道獸人王室對殺害勇者雷托的半獸人懷有恨意，不過正因如此，只要半獸人陣營能在喜宴上誠摯祝福這件婚事，獸人應該也會跟著改觀，霸修想必是辦得到的。

納札爾期待過，希望事情會這麼發展。

然而，霸修從會場被趕了出去。

獸人族公主們並沒有放下對半獸人這個種族的憎惡。

日後，納札爾向公主詢問：「霸修是那麼誠懇地在配合獸人的習俗，為什麼要趕走他呢？」她們便嗤之以鼻。

公主們認為換套服裝，擺出鄭重的態度，這種事只要是四種族同盟的人都辦得到。對半獸人來說，那有多麼困難又超乎常識，她們連想都不會去想。

納札爾聽了以後，便想像霸修在旅途中一路克服的苦惱。

從他啟程直到抵達這裡的期間，到底蒙受了多少無情話語？到底屈辱得掉了多少眼淚？或許他也曾差點灰心。

萬一，假如說，那樣的他——

獲邀加入戰爭，會有什麼發展？

要是他知道能讓格帝古茲復活，會有什麼發展？

要是他知道只要再次發動戰爭，就不用再受這種屈辱……

納札爾若是霸修，應該會奮然投入其中吧。

納札爾聽戰友同時也是智人族軍方特別信賴的夥伴提過，半獸人這個種族有多麼偏重戰鬥與生育。

一旦發生戰爭，半獸人就可以取回驕傲吧。

之前他們會應允和平是因為無法打勝仗，所以只要格帝古茲復活，戰事有了勝算，那就

11.和平使者

更不用說了。

「唔……」

「嬌喘」的凱珞特。

「半獸人英雄」霸修。

智人是仰賴智慧與知識的種族。

即使實力遜於對手也會研擬對策，準備武器與防具，準備齊全再挑戰，進而奪得勝利。

所以納札爾事先做好安排，還帶了最頂級的武具來這座王宮。

無論是對付凱珞特或霸修，納札爾都自認有能力。

但如果兩人一起來，就另當別論了。

絕對贏不了。凱珞特也就罷了，霸修實在不行。

連一對一的勝算都不高，在受到凱珞特「魅惑」影響而動作變得遲鈍的狀態下，萬萬不可能贏。

目前的這種狀況，連要逃都無法如願。

即使桑德索妮雅出現在這裡並幫忙對付凱珞特，能否敵得過也不好說……

「凱珞特。」

霸修的聲音聽起來深沉而穩重。

沒有任何一絲困惑，彷彿早已決定要說些什麼。

語氣好似在說「久等了」。

「是，等您好久了，霸修大人。」

而且呼應的是凱珞特歡喜的嗓音。

將霸修視為凱珞特的同夥，應該是不會錯了。

納札爾不知道背地裡凱珞特已經拉攏了霸修。

納札爾做出覺悟。就算贏不過敵人，仍有非抵抗不可的時候。

納札爾是王子，因此一直受到保護。為了救納札爾的命，為了智人族的勝利，有好幾名將兵挑戰了贏不了的敵人並且捐軀。

（我要設法逃走才行。雖然這就得棄希爾薇亞娜公主於不顧……）

納札爾不認為現在輪到自己了。

因為自己死了，也沒有人能繼承遺志。

世上盡是只顧己利的人。自己一死，敗戰國將立刻遭到併吞，之後四種族同盟應該會掀起內戰。

不，在那之前，凱珞特他們會先讓格帝古茲復活，導致四種族同盟滅亡吧。

當納札爾如此心想時，忽然間身體變輕了。

11.和平使者

身上穿戴的裝備有一瞬間發亮，隨後光芒便黯然消逝。

然而，納札爾動彈不了。

因為在不知不覺間，半獸人高大的背影來到了他的眼前。

「把腳挪開。」

納札爾立刻抬起自己的腳。

他以為那句話是對自己說的。

可是，兩隻腳底下什麼也沒有。看來他並沒有踩到什麼。

（「魅惑」……）

腳能動，讓納札爾體認到「魅惑」被解除了。

不知道什麼時候，凱珞特的眼睛已經停止發出紅光。

「咦……」

一瞬間，凱珞特露出傻眼的臉，但立刻就氣得噘起嘴脣。

「不，我不會挪開。」

「……什麼？」

「我想聰明的霸修大人已經發現了，這個女人是在欺騙您。她接近您，是想讓您在出手碰她以後就誣指您強迫非合意性交把事鬧大，再將責任賴給半獸人全族好讓他們負責任，這

就是她的圖謀。」

「……唔。」

「半獸人英雄對獸人族公主霸王硬上弓。就算那是公主扯的謊，獸人王室肯定也會認同吧。畢竟她們都討厭半獸人，若有機會更想讓半獸人滅族。」

納札爾聽了以後，覺得合情合理。

無從袒護。希爾薇亞娜對半獸人有負面情緒是出了名的。

經過先前在王宮的風波，雖然也有聽到她已經洗心革面之類的傳聞，唉，人要轉念當然不可能那麼快。

假如她曾接近霸修，那應該就是目的。

「我說的對吧？」

凱珞特揪住希爾薇亞娜的頭髮，捧起她的臉，然後這麼問道。

希爾薇亞娜痛苦得皺起臉，並且自信地笑。

「……那、那是她在說謊！我不過是愛慕霸修大人而已！這女的喜歡霸修大人，就嫉妒我跟霸修大人感情融洽！」

任誰看了都知道她在說謊。

目光飄忽，聲音發抖，冷汗直流，即使在旁人眼裡，也看得出她想用花言巧語設法逃過這一劫。

霸修的臉色有些困惑，但是在妖精耳語過後，他就露出了理解的表情。

「原來如此。」

霸修這句話聽起來夾雜著嘆息。

彷彿他從一開始就知道對方說謊。

「真虧妳能臉不紅氣不喘地撒這種一拆就穿的謊耶……」

「妳、妳是因為被我說中，就惱怒了嗎？霸修大人你看，這就是證據！這個賣淫的魅魔想陷害我！」

希爾薇亞娜根本語無倫次，急切得光看就覺得不堪。

最後，凱珞特像是懶得奉陪而嘆氣，轉過身朝向霸修。

「霸修大人，正如您所聽見的。打算玩弄陷害他國英雄的騙子公主，還有扮家家酒耍弄人的智人族王子……四種族同盟的這些分子終究沒有把半獸人或魅魔當人看待，才玩得出這種荒唐的把戲。」

凱珞特說完就朝霸修伸出手。

宛如在要求跟他握手。

「霸修大人，為了取回七種族聯合全體成員的驕傲，我們打算戰鬥。拜託您，牽起我的手，請跟我們一同作戰。」

她用誠摯的言語向霸修懇求。

霸修點頭以後，凱珞特彷彿信任有加地繼續說下去。

「老實說，我們時間不多了，因此請容我之後再說明作戰細節。現在先殺掉這個騙子公主與荒唐王子，然後從這裡逃脫吧。」

看來凱珞特好像還沒完全拉攏霸修，話雖如此，也只是換成現在才開口。

無論納札爾說什麼，霸修的心意都不可能改變。

自己的話語不可能打動霸修。

從霸修的觀點來想，要是納札爾將自稱埃洛爾的事情說出來，就形同半獸人在王宮受到了屈辱的待遇。引路者身分若是智人族王子，應該會更令他火上心頭。

獸人與智人勾結陷害了霸修——即使被這麼解讀也無可奈何。

就算納札爾要辯解自己沒那種意思，也已經太晚了。

他應該從一開始就自稱納札爾，並且在聽聞王宮發生的風波時就前往道歉。

儘管搜查企圖讓格帝古茲復活的那些人就已經忙得不可開交……

希爾薇亞娜最後說的謊使得事情成了定局。

在起碼先道歉就好的場面，她卻撒了謊。

甚至擺出瞧不起凱珞特的態度。

從霸修的觀點來想，畢竟對方是公主，自己受到屈辱的待遇也還是一直待之以禮，然而像這樣就是被辜負了吧。

「……」

霸修沉默幾秒鐘以後，朝納札爾瞥了一眼。

（……到此為止了嗎？）

霎時間，納札爾有了死的覺悟。

他也想過要設法離開現場，卻不覺得自己逃得掉。

「半獸人英雄」霸修。

提到其威迫感，尋常的幹練戰士可不能比。

納札爾雖然是智人族公認最強的劍士，不過正因為如此，他自認有能力認清敵我的實力差距。

有死的覺悟，也有交手的覺悟。

但也就這樣而已。

他不覺得能贏，更不覺得能逃掉。

回想起來的是剛打倒格帝古茲的那一刻，霸修現身時的絕望感。

「這我辦不到。」

可是，霸修已經沒在看納札爾了。

「咦？」

凱珞特錯愕的聲音格外響亮。

「為什麼？先前您不是說願意與我一同作戰嗎！」

「我欠這個男人人情。」

「欠人情……？」

「對。」

「那麼，難道您要接受嗎！當下的這種現況！」

「……現況有什麼不好？」

「目前魅魔族就連小孩都在挨餓！半獸人也一樣吧！戰後不是有眾多戰士對半獸人王的治國方式不滿意，都出奔至外地了嗎！大群值得敬重的幹練戰士！橫屍在那裡的加坎也是，一路打拚當上大隊長的男人，就是因為在祖國連女人都沒得上才會待不住而離開！他還告訴我，只要有女人可以上，就算當奴隸也無所謂！向我這樣的魅魔訴苦！結果就是這樣！」

11.和平使者

霸修望向加坎的屍體。

從納札爾那邊看不清霸修是何表情。

不過，神情看似有幾分哀傷。

「我懂加坎的心情……」

霸修話說到這裡就沉默了半晌，彷彿在選擇用詞。

不久，霸修嘀咕了一句。

「但是，敗北便是這麼回事。」

凱珞特聽了，露出恍然大悟的表情，然後低下頭。

「……我懂了。霸修大人，您也懷有自己的決心，才會像這樣來到這種地方。」

話說完，凱珞特緩緩起身。

她的表情泫然欲泣，猶如在目送戰士投身於一場贏不了的仗。

「無論我說什麼，您都不會改變想法嗎？」

「對。」

「……即使我告訴您，惡魔王格帝古茲將能重生？」

「與我無關。」

凱珞特緩緩閉眼，然後呼了氣。

「我明白了……即使彼此走上不同的路，您依舊是我尊敬的戰士。」

「我也認為妳是一名值得尊敬的戰士。」

這句話讓凱珞特微微臉紅，並且放鬆了嘴角。

那副有如少女的羞澀笑容卻立刻就消失了。

她收斂表情，從崇拜英雄的女人變成一名戰士的臉孔。

「即使要打倒您，我還是會走屬於我自己的路。」

「……這樣啊。」

凱珞特走到霸修眼前，舉拳備戰。

兩名戰士之間不需要進一步問答。

「前魅魔女王國，第一大隊總指揮官，『嬌喘』的凱珞特。」

凱珞特報上名號。

她撥起頭髮，身段妖豔。

「前半獸人王國，隸屬布達斯中隊的戰士，『半獸人英雄』霸修。」

霸修也報上名號。

儘管名號報得坦蕩，語氣卻好像有幾分遲疑。因為能對魅魔族的現況產生共鳴，跟她交手便有所迷惘吧。

11.和平使者

「……」

霸修瞪向凱珞特，舉拳備戰。

沒有武器。霸修與凱珞特在進王宮之際都將武器交給他人保管了。

現場拿著武器的，只有事前獲得允許帶武具進來的納札爾。

但是，他沒有動作。儘管是逃走的大好機會，他卻沒有逃。

（是嗎……原來是這麼回事……）

不過，他正受到感動。

（多麼了不起的情操……）

納札爾不知道那兩人之間的關係。

在目光未及處，不知道那兩人有過什麼樣的對話。可是，至少凱珞特提出的主意對霸修來說應該並不壞，只要戰爭爆發，他就能盡情投身於戰鬥。

那樣他應該也不會缺女人吧。別說不缺，甚至有魅魔會為他奉獻。

而且一旦格帝古茲復活，他們就穩操勝算，簡直能贏得一切。

霸修回絕了那樣的提議。他說因為自己欠納札爾人情。

要說納札爾做過什麼，頂多就是讓霸修通過國境。

雖然也有幫忙引路到王宮，但想到後來發生的問題，納札爾甚至覺得過意不去。

正常來想，不可能受到感謝，即使被懷疑設了圈套也不奇怪。

可是，霸修卻當自己「欠了」人情。

並非「賣人情」，而是「欠人情」。

他以此為由，回絕了凱珞特的提議。

納札爾心頭一熱。

他接納了敗戰的結果，同時仍想守住半獸人的驕傲。他認為半獸人也該依循當代的風氣而有所改變。

或許由半獸人全族來看，那是會遭到責難的思維。

什麼叫接納敗戰？我們會的只有戰鬥。戰鬥然後抓女人來搞，才是我們半獸人至高無上的生存之道。

但是霸修否定了這樣的思維，決定走他自己認為正確的道路。

納札爾曾認為霸修的目標跟自己類似。雖然形式有別，但覺得彼此志同道合。

然而錯了。

霸修的志向肯定比納札爾看得更遠。

這位「半獸人英雄」肯定是將眼光放在更遠的地方。

他展望著將和平時代延續下去的未來，連納札爾都看不見的某種遠景。

11.和平使者

不然對於沒有幫到多少忙的納札爾，對於隱藏身分的納札爾，霸修怎可能會說自己欠了人情。

（休士頓，你在信裡對霸修大人稱讚有加的理由，我現在懂了。）

要納札爾從現場逃走，他不可能辦到。

納札爾下了決心，要見證眼前這名半獸人的選擇、戰鬥及驕傲。

12. 英雄VS嬌喘

霸修一點也不懂出了什麼事。

他收到信，在演說開始的時候趕到了聖樹。

感覺並沒有耽擱。可是不知道為什麼，聖樹底下卻有希爾薇亞娜以外的人物。

不知道為什麼，凱珞特把希爾薇亞娜踩在腳下。

不知道為什麼，加坎被劈成兩半喪命了。

不知道為什麼，納札爾隱藏身分，自稱埃洛爾。

他們三個好像起了爭執，可是霸修當然不懂其中的來龍去脈，理解力完全追不上。

霸修對狀況一頭霧水。

（發生什麼事了？）

（雖然搞不懂……不過老大，看起來他們恐怕是在爭風吃醋。）

然而捷兒好像靈光一閃了。

可靠的夥伴果然是必要的。

12.英雄ＶＳ嬌喘

（爭風吃醋？）

（我以前看過的書上有寫到，智人或獸人在搶意中對象時好像會展開決鬥。）

（……意思是凱珞特與希爾薇亞娜在決鬥？那麼，納札爾與加坎怎麼會在這？）

（老大，凱珞特恐怕喜歡你喔，所以她就向跟老大關係親密的希爾薇亞娜挑起決鬥了。當然，凱珞特贏了，這時候卻又出現喜歡凱珞特的加坎，還有喜歡希爾薇亞娜的納札爾，雙方展開決鬥！納札爾獲勝，然後剩下來的人就在拚誰能存活。話雖這麼說，男人不可能贏過凱珞特大姊，所以贏家已經敲定嘍。）

他是從現場狀況推理發生過什麼事的高手。

人們稱他為「名偵探捷兒」。

任何案子交到他手上，都會變成懸案。

爭風吃醋當然不會像捷兒說的那樣採取錦標賽形式。

（原來如此。）

霸修卻接受了那套推理。

雖然內容太過複雜，他只理解了一半，但兩名半獸人都想娶一個女人當老婆的話，殺掉對方把人搶到手是常識。

既然智人族之間同樣會發生這些爭風吃醋的情事，出這種狀況也是有可能的吧。

（納札爾還真可憐，公主喜歡的明明就是老大。）

（沒辦法，畢竟她是那麼有魅力的女人。）

納札爾想動自己要的女人，原本是該對他發火才對，不過霸修欠了他一大筆人情。

他提供了堪稱智人族王室祕寶的雜誌。

沒有那本雜誌，霸修應該就無法跟希爾薇亞娜親密成這樣。

順帶一提，既然希爾薇亞娜今晚要跟自己性交，並成為妻子，霸修是可以秉持大器成熟的態度放他一馬。

（老大你打算怎麼做？）

（救希爾薇亞娜，還納札爾人情。）

一石二鳥。

打退凱洛特就可以在希爾薇亞娜面前現威風，又能還納札爾人情。

因此霸修有所行動。

他挺身袒護中了凱洛特的「魅惑」而只能等死的納札爾，站到凱洛特面前。

「凱洛特。」

「是，等您好久了，霸修大人。」

這麼回話的凱洛特一身對霸修的眼睛還有人生都毒性猛烈的打扮——魅魔族的民族服

12.英雄ＶＳ嬌喘

飾。在那套民族服飾底下，令人垂涎欲滴的肉體幾乎要蹦出來了。

假如霸修不是處男，應該就恍恍惚惚地被吸引過去，直接繳貨給贏家了。

但是，那可不行。

霸修靠鋼鐵意志轉開視線，看向希爾薇亞娜那邊。

「把腳挪開。」

「咦？」

凱珞特露出驚愕的表情，但立刻就用強烈目光毅然看過來。

「不，我不會挪開。」

「……什麼？」

「我想聰明的霸修大人已經發現了，這個女人是在欺騙您。她接近您，是想讓您在出手碰她以後就誣指您強迫非合意性交把事鬧大，再將責任賴給半獸人全族好讓他們負責任，這就是她的圖謀。」

「……唔。」

「半獸人英雄對獸人族公主霸王硬上弓。就算那是公主扯的謊，獸人王室肯定也會認同吧。畢竟她們都討厭半獸人，若有機會更想讓半獸人滅族。」

凱珞特揪住希爾薇亞娜的頭髮，捧起她的臉，然後這麼問道。

「我說的對吧？」

希爾薇亞娜痛苦得皺起臉，並且自信地笑。

「……那、那是她在說謊！我不過是愛慕霸修大人而已！這女的喜歡霸修大人，就嫉妒我跟霸修大人感情融洽！」

於是，捷兒再次對霸修耳語了。

（老大，看來我的推理果然沒錯耶。）

「原來如此。」

雜誌的力量是可怕的。

不僅希爾薇亞娜，連無意追求的凱珞特都被霸修迷住了。

在戰爭中也是這樣。

自己使不來的魔劍、魔道具一類都會在不知不覺間連自己人都傷到。

「真虧妳能臉不紅氣不喘地撒這種一拆就穿的謊耶……」

「妳、妳是因為被我說中，就惱怒了嗎？霸修大人你看，這就是證據！這個賣淫的魅魔想陷害我！」

「霸修大人，正如您所聽見的。打算玩弄陷害他國英雄的騙子公主，還有扮家家酒耍弄人的智人族王子……四種族同盟的這些分子終究沒有把半獸人或魅魔當人看待，才玩得出這

12.英雄ＶＳ嬌喘

種荒唐的把戲。」

荒唐的把戲……的確，希爾薇亞娜的態度不妥。

並非輸家該有的態度。敗北者口出妄言貶低勝者可是被殺也怨不得人的行為。納札爾冒稱埃洛爾，在被求婚的那一方看來應該也是荒唐的把戲。

「霸修大人，為了取回七種族聯合全體成員的驕傲，我們打算戰鬥。拜託您，牽起我的手，請跟我們一同作戰。」

凱珞特說完就朝霸修伸出手。

豐滿的胸脯抖動生波，相當吸睛。

或許這就是魅魔族的求婚方式。

日前她出言表示希望能一同戰鬥，原來也是在暗指這回事嗎？

「老實說，我們時間不多了，因此請容我之後再說明作戰細節。現在先殺掉這個騙子公主與荒唐王子，然後從這裡逃脫吧。」

但是，霸修的答覆早就定案了。不小心讓對方產生期待，霸修感到過意不去，但他打算跟希爾薇亞娜偕老，又欠納札爾一大筆人情。

要叫霸修殺他們根本免談。

「這我辦不到。」

「咦？」

看凱珞特受到刺激的表情，對霸修來說也很難受。

或許自己每一次被甩也都是這種表情。

「為什麼？先前您不是說願意與我一同作戰嗎！」

「我欠這個男人人情。」

「欠人情……？」

「對。」

「那麼，難道您要接受嗎！當下的這種現況！」

「……現況有什麼不好？」

純粹的疑問。

「目前魅魔族就連小孩都在挨餓！半獸人也一樣吧！戰後不是有眾多戰士對半獸人王的治國方式不滿意，都出奔至外地了嗎！大群值得敬重的幹練戰士！橫屍在那裡的加坎也是，一路打拚當上大隊長的男人，就是因為在祖國連女人都沒得上才會待不住而離開！他還告訴我，只要有女人可以上，就算當奴隸也無所謂！向我這樣的魅魔訴苦！結果就是這樣！」

話題突然改變，讓霸修稍稍歪過頭。

的確，相較於戰爭時，或許半獸人變得比以前貧困了。

12.英雄ＶＳ嬌喘

要問到是否有小孩挨餓，就像凱珞特所述。但小孩就是會餓吧，從戰爭時一直如此。

有眾多戰士哀嘆現況，因而成了流浪半獸人也是事實。他們不服半獸人王的決定，不肯接受敗北，便從半獸人國離去。

「我懂加坎的心情……」

加坎的心情可以理解。

加坎在很早的階段就變成流浪半獸人，離開了祖國。

霸修沒向對方問過理由，但是半獸人流亡他鄉的理由若不是為了追求戰鬥，就是為了追求女人。

假如自己不是處男，假如不是身處需為英雄之名擔負責任的立場，或者凱珞特並非魅魔，還有確定靠魅魔脫處並不會成為魔法戰士，霸修應該也會想當凱珞特的奴隸。

況且加坎為了得到凱珞特而挑起戰鬥，然後落敗，死去了。

雖然這是違背半獸人王所定戒律的行為，卻也是符合半獸人本色的行為，這種末路應該可以說符合半獸人的本色。

「但是，敗北便是這麼回事。」

「……我懂了。霸修大人，您也懷有自己的決心，才會像這樣來到這種地方。」

決心。沒錯，霸修今天是來跟希爾薇亞娜性交的。

以英雄的妻子而言，公主身分無可挑剔，他可以光明正大地回國。

等到抵達祖國時，希爾薇亞娜應該已經懷孕了。既然是獸人族，就會生下五或六個小孩才對。

到時候，霸修的性交架勢應該也不會讓自己蒙羞了。

「無論我說什麼，您都不會改變想法嗎？」

「對。」

「……即使我告訴您，惡魔王格帝古茲將能重生？」

「與我無關。」

很不可思議的說詞，但是即使格帝古茲於現場復活，霸修的決心也不會改變。

他會打倒凱珞特，將希爾薇亞娜得到手。

「我明白了……即使彼此走上不同的路，您依舊是我尊敬的戰士。」

「我也認為妳是一名值得尊敬的戰士。」

「即使要打倒您，我還是會走屬於我自己的路。」

「……這樣啊。」

對霸修來說，這是容易理解的局勢演變。

半獸人若有想得到的異性，會靠戰鬥得到手。

12.英雄ＶＳ嬌喘

既然凱珞特希望得到霸修而要挑戰他，霸修便會在戰鬥中勝利，當面將她斥退。

「前魅魔女王國，第一大隊總指揮官，『嬌喘』的凱珞特。」

「前半獸人王國，隸屬布達斯中隊的戰士，『半獸人英雄』霸修。」

霸修報上名號，坦直曠蕩。

隨後他高吼。

「咕啦啊啊啊啊啊啊啊啊啊啊啊噢噢噢！」

戰端由霸修的戰吼開啟了。

■

半獸人與魅魔單挑。

老實講，以納札爾的預測，霸修沒有勝算。

無論霸修再怎麼剛強，即使身懷被視為全種族當中最強的力量，男人就是男人……何況凱珞特的「魅惑」效力強大，連魔法抗性高如納札爾這樣的男人準備好萬全措施，還是會變得無法活動自如。

可以料到的是，霸修會瞬間被凱珞特迷住，然後讓她騎到身上吸精，因而淪為人乾吧。

萬一發展成那樣，納札爾打算對霸修伸出援手。

雖然他下了決心要見證到最後，但總不能讓霸修死。

可是，事情並沒有變成那樣。

（發生了什麼狀況……？）

霸修的身手既沒有變得遲鈍，更沒有停下動作，戰鬥就這麼開始了。

（難不成，他能讓「魅惑」完全失效……！）

看不出霸修有做什麼。

看起來也不像穿戴了特殊的裝備。

可是，沒讓「魅惑」失效的話，應該不可能活動得那麼敏捷。

（……總之，或許這樣就能贏。）

當納札爾咕嚕吞下唾沫時，霸修已經逼近凱珞特，朝那張妖豔的臉孔掄拳。

若是扎實命中應能將巨岩粉碎的壓倒性暴力。

「呵！」

凱珞特從旁出拳，化解其勁道。

接著她並未強碰化解後的拳勁，而是施展了拳路如彎鐮的一擊打在霸修身上。

凱珞特瘦小但緊握的拳頭扎進了霸修的側腹。

有眼界的人一看，就會明白那鉤拳有多銳利吧。
如果挨中魅魔格鬥術的鉤拳，將貫穿皮膚與肌肉，粉碎骨頭，穿透內臟，一擊就足以致命。
何況她是「嬌喘」，魅魔族首屈一指的強手……既然如此，半吊子的對手挨中這一拳，上半身難保不會被轟飛。她的體能強化魔法就是有這等威力。
「吼啊啊啊啊啊啊！」
然而，霸修不以為意。
再怎麼以體能強化魔力提升拳勁，能對霸修造成的傷害也只有些許。
「喝啊啊啊啊啊！」
不知道凱珞特是否明白這一點，拳頭都精準地打向霸修的身體。
正拳、回馬拳、迴旋踢、肘擊、膝擊、掃腿、後旋踢、踵落……
連招如行雲流水，不停攻向霸修。
光是如此，應該還不至於取為「魅魔格鬥術」這種誇張的名稱。
凱珞特縱身躍起。她張開兩道翅膀，朝周圍揚起塵土。
兩段後旋踢、撲翼、逆向踵落……
智人與獸人自不用說，連半獸人或食人魔都不可能施展的連擊正朝原本難以針對的部位

12.英雄ＶＳ嬌喘

展開猛攻。智人武術家見狀應該會一面感嘆，一面懊惱自己為何不是生為魅魔吧。

「……唔！」

如此堪稱藝術的格鬥術，扎實命中的卻只有起初那一記鉤拳。

霸修防禦牢靠，針對要害的攻擊被悉數擋下，更屢遭還手。

不假思索的反擊像在拍落簇擁來的蒼蠅，與表象相反，精準且正確，只要迎面接招，中招的骨頭就會粉碎，可想而知將落得無法再戰的下場。

唯有靠巧勁化解來勢，可是那更需要拆彈般的細膩心思。

霸修無論在攻擊面與防禦面都凌駕於凱珞特。

凱珞特轉眼就被逼得形勢見絀。

「唔——！」

不久，霸修重拳貫穿凱珞特的防禦，深搗其心窩，拳威讓凱珞特被震飛到入口附近。

「咳哈……」

大量血液與嘔吐物濺濕一地。

凱珞特雙腳發抖，單膝跪地。

她有防禦，還用魔法設了屏障。

即使如此，骨頭還是裂了，胃裡的一切全都逆流衝出。

12.英雄ＶＳ嬌喘

「……呵呵呵。」

納札爾心想上次目睹她落得吐血的慘狀，不知道相隔幾年了。最後看到凱珞特這樣，是她跟立夏交手的時候。

「你動真格揍我呢。」

「當然。」

霸修的答覆讓凱珞特站起身。

納札爾看他們那樣，覺得很羨慕。她心中應該滿懷快意，畢竟那位「半獸人英雄」並沒有當成玩耍或打架，而是認真在與她交手。身為戰士，沒有比這更高的榮譽。

「明明如此，我真的好遺憾……看來，時間到了呢。」

當凱珞特這麼嘀咕時——

「！」

不知不覺間——

沒錯，用不知不覺來形容正貼切。不知不覺間，魅魔旁邊多站了一名女子。

「……」

身披好似連黑暗都能吞盡的漆黑長袍，頭戴山羊頭蓋骨，膚色蒼白的修長女子。她環顧四周，發現霸修握著拳頭，凱珞特則嘔血跪地，就把頭歪一邊。

「咦？霸修大人與我們為敵了？」

「對，我沒能說服他。」

「是喔。可惜……假如妳色誘都不管用，那就沒希望了……」

「沒禮貌。我凱珞特可是有尊嚴的魅魔，才不會色誘自己尊敬的人喲。」

「是喔。」

女子頭上有兩根角，眼睛底下則有黑眼圈。

手裡握有黏膩的錫杖，錫杖前端有黑暗物質像泥漿一樣滴落。

在場沒有人不認得那獨特的外貌。

納札爾道出對方的名號。

身為惡魔王格帝古茲的親信，曾令所有敵人葬身於暗影的魔導士名號。

「『影渦（Shadow Vortex）』珀璞樂蒂卡……！」

那是惡魔族的魔導士。

「所以，有採取到嗎？」

她看都不看納札爾與霸修，只問了凱珞特這麼一句。

「有。雖然受到了阻擾。」

「……倒不如說，沒靠『魅惑』跟霸修大人交手，虧妳活得下來呢。」

12.英雄ＶＳ嬌喘

「會不會是因為我平日多做善事呢？」

「好笑。」

珀璞樂蒂卡一面淺笑，一面看向地上。

「話說回來，可惜。」

一回神，才發現地面的影子逐漸變大。

彷彿有某種東西正從地底接近而來，影子一邊蠢動一邊將兩人包裹住。

「但我們還有機會。」

「也對。」

於是，黑暗張口吞沒了她們倆。

「慢著！」

納札爾大吼並拔腿衝去，但為時已晚。

等黑暗消失時，那裡什麼也不存在了。

事情發生在轉瞬間。

不過，原本應該是可以料到的。凱珞特嘴上說沒時間，卻沒有從這裡移動的跡象，更沒有走向出口的舉動。

明明這座王宮裡還有身為她天敵的桑德索妮雅在。

12.英雄ＶＳ嬌喘

從一開始，她就打算靠珀璞樂蒂卡的「影渡」逃走吧。

「要追也追不上嗎……」

納札爾停下腳步後，這麼嘀咕。

「影渡」是堪稱惡魔族魔導奧祕的魔法。

可以在短瞬間從影子移動至另一片影子。雖然沒辦法一口氣運送大量人員，設置出入口的限制似乎也多，然而在運送少數精銳至局部地區這方面無人能及。

在惡魔族魔法師當中，也只有一小撮會用這種頂尖魔法。

原本其移動距離並不長，但是珀璞樂蒂卡的「影渡」可不同。

幫受困於獸人族城寨最深處的食人魔「狂戰士迦德納」逃到城牆外的軼事實在太著名。

即使想成凱珞特已經逃到無法觸及的地方也沒什麼好奇怪。

既然如此，應該會有人聽見騷動而趕到這裡，向他們說明情況大概比較好。

畢竟視情況發展，霸修又會蒙受不必要的嫌疑吧。

納札爾如此心想，放鬆了肩膀。

「霸修大人，我們先向大家說明這件事……」

納札爾回頭望去，於是他看見了。

男女兩人注視著彼此的身影。

13．求婚

希爾薇亞娜在緊張。

構成威脅的凱珞特撤退了，所有事跡卻也敗露了。

自己可以安心了嗎？還是該保持危機感呢……？

霸修站在面前，正默默地凝望而來。

不曉得他的心思是什麼。

身為軍師，身為策士，身為生活於宮中之人，希爾薇亞娜自認擅長觀察他人臉色，卻沒有窺探過半獸人的臉色。

「……」

腦裡一片空白。

平時能接連想到的詞，一句也說不出。

發生了太多狀況，希爾薇亞娜不知道如何是好。

至少非得將自己失策被人從聖樹偷走「種子」一事告知女王及姊妹們才行。

13.求婚

但在那之前，還得逃過眼前的威脅才可以。

她不能死在憤而動粗的半獸人手上。

「啊啊！霸修大人，我好害怕……！」

因此，希爾薇亞娜繼續說謊。

身段像個受俘的公主，撲向霸修的胸膛。

演得比她被凱珞特踩在地上時好多了。她心想剛才要是能這麼演，事態大概就會有多一點轉機吧。

明知道毫無用處。

假如這能迷住對方，自己理應早就被這個半獸人撲倒，還挑起獸人與半獸人之間的戰爭了。

「希爾薇亞娜。」

霸修單膝跪地，配合希爾薇亞娜將視線降到與她同高。

他手裡握著一朵花。

那是朵白花。時下流行於獸人族，在求婚時遞給對方的婚約之花。

「請妳嫁給我當妻子，為我生小孩好嗎？」

太過誠摯的話語。

那句話太正直率性了。假如對方不是半獸人，連希爾薇亞娜都會忍不住點頭答應。

「啊……唔……」

不，她應該點頭的。

希爾薇亞娜就是企圖如此，才會把霸修找來這個場所。

點頭，讓霸修當場撲倒自己，再嚷嚷自己被霸王硬上弓。這就是計畫。可是，她沒辦法點頭。

因為現場還有另一個人。

納札爾。有智人族的王子在。

「嗯……原來如此。呵呵，既然是這樣，我來當公證人吧。」

納札爾含笑說道。

有他作證，希爾薇亞娜應該就不能將謊話說到底。

他是智人族王子兼英雄，在智人族中也具備格外高的發言力。既然有他在場，無論希爾薇亞娜再怎麼嚷嚷被侵犯，仍會被斷定成撒謊吧。

或者希爾薇亞娜也可以聲稱霸修與納札爾兩人聯手要侵犯她，但……

萬一那麼做，最糟的情況下，獸人與智人之間也有可能爆發戰爭。

與獸人族公主聯姻的精靈大概會成為自己人，但他們絕不會積極與智人抗戰。

13.求婚

相對地，自國英雄被誣指為騙子的智人與半獸人都將火冒三丈，並且挾著高昂士氣朝獸人壓境而來。

獸人會滅亡，或者被消耗至瀕臨滅亡，而後衰退。

說不定還會淪為半獸人的屬國。

那非避免不可。

「我、我……當然……」

「無論妳怎麼回答，霸修大人肯定都不會生氣吧。可是，假如妳說的話太過荒唐，我便不會容許。身為勇者雷托的戰友，我絕不容許打倒勇者雷托，甚而救了我們一命的可敬戰士遭到愚弄。」

「……怎會說我愚弄人呢。」

希爾薇亞娜咬牙。

「希爾薇亞娜公主，妳似乎常說不會輕饒玷汙過雷托榮耀的半獸人，但是，妳認為這一位有玷汙他的名譽嗎？」

「……」

「剛才的互動，妳也看在眼裡吧？妳真的那麼想嗎？」

希爾薇亞娜明白。其實，她早就明白了。

霸修在日前向她說過。

他並不樂於讓勇者雷托曝屍荒野。而且能跟雷托交手並獲勝，他是真的打從心裡感到驕傲。跟勇者雷托的戰鬥成了值得一談的英勇事蹟而令他驕傲，甚至也後悔自己不得已讓對方曝屍荒野。

而且，希爾薇亞娜也能理解其理由。

假如希爾薇亞娜以七種族聯合的軍師身分在現場，還被要求下達指示，她應該也會毫不遲疑地命令霸修採取相同的行動。

不僅如此。

霸修來到獸人國以後的行動也相當正派。

雖然不屑半獸人的希爾薇亞娜一直都閉著眼睛，摀住耳朵，但只要冷靜想想，霸修的行動是值得讚許的。

他張羅服裝，閱讀書本，自我收斂，為了取悅希爾薇亞娜而付出努力。

換成智人或精靈，感覺這就不值得評得多高，但他是半獸人。半獸人竟會做出這些事，連希爾薇亞娜都沒想到。

實際上，其他半獸人也做不出像霸修這樣的舉動吧。

如凱洛特所說，他進修過，否則半獸人就不會被接納。霸修應該是這麼想的。

13.求婚

其實就算霸修做到這種地步，包含自己在內的獸人公主們還是沒有接納他。

現在回想會覺得心胸狹小，然而畢竟沒有人想過半獸人願意做這麼多，所以思慮才無法顧及。

在派對上被人趕走，還每天被公主戲弄。

應該很屈辱吧。

在那樣的屈辱之中，聽到能讓格帝古茲復活一事，還受到凱珞特拉攏，霸修的心意理應會搖擺。

希爾薇亞娜自不用說，在這種情況下聽見那些說詞，想必就連納札爾都會站到對方那一邊。

但霸修回絕了，彷彿表示自己會用自己的做法改變現狀。

真的，他真是個正派的人。

他是七種族聯合所有巨頭都要禮讓的戰士。

（那麼，我……我所做的事反而讓獸人族，讓雷托舅舅的名譽……）

思索至此，希爾薇亞娜感受到自己的身體正逐漸失去力氣。

「……霸修大人。」

「嗯？」

霸修看起來一副開心的臉。

難道他在想，總算能報復讓自己受屈辱的人了嗎？

不，他並不是那麼冷酷的人物。大概只是打算使一點壞心眼吧。

希爾薇亞娜沒辦法深入解讀那副表情，卻有如此的觀感。

「很抱歉。我欺騙了您。」

「……什麼。」

「真相，就和剛才凱珞特所說的一樣……我打算陷害、玩弄您，還想要趁機會消滅半獸人。」

「……唔。」

「理由則是為了復仇……原本我深信舅舅勇者雷托的名譽受到了玷汙……然而，是我誤解了。您對於跟勇者雷托交手感到驕傲，還願意視其為名譽。儘管我聽在耳裡，卻信了凱珞特的諂媚之言，差點就犯下無可挽回的過錯。」

希爾薇亞娜屈膝跪地。

她將雙手交疊，並且五體投地，把自己縮得比霸修更小。

宛如一頭認輸的野獸。

以前，無論發生什麼事，她都認為絕對不會向半獸人說出來的一句話——

13.求婚

「請您原諒我。」

就這麼脫口而出了。

「……」

霸修與妖精跟班看了看彼此的臉。

他肯定也沒想到，希爾薇亞娜會這麼乾脆地謝罪吧。

妖精在霸修耳邊嘀咕了些什麼。

霸修微微點頭，然後朝希爾薇亞娜問道：

「嗯……那麼，妳肯當我的妻子嗎？」

應該是壞心妖精的提議吧。

他似乎還想羞辱希爾薇亞娜。這也難怪，即使霸修本人可以不咎既往，對在他身邊看著事情經過的人來說，應該會滿肚子火才對。

「騙子不配當英雄的妻子。您的盛情我受之有愧，請恕我就此謝卻。」

「……是嗎……我懂了……」

霸修緩緩起身，仰頭向天。

那舉動看起來簡直像打從心裡對自己無法娶希爾薇亞娜為妻感到遺憾。

不可能有那種事。

13.求婚

希爾薇亞娜一面這麼想，一面抬起臉仰望霸修……就察覺到了。

「……？」

枯葉從空中零星飄落。

彷彿迎來了秋天，在這座成年長滿嫩葉的赤色之森。

「咦……！」

希爾薇亞娜不禁起身，回頭望向背後。

納札爾似乎受到了牽引，也循著她的視線望去。

「……怎麼會！」

三人仰望的方向，聖樹就在那裡。

有棵紅葉繁茂的巨大樹木在那裡。

理應是如此。

生長茂密的葉片卻沙沙作響地開始乾枯掉落。

樹枝變得消瘦，還發出清脆的聲音開始斷裂。

原本充滿生氣的樹幹像是根部腐壞了，樹皮剝落，並呈縱向裂開。

「怎、怎麼會這樣……」

歷史上一直賦予獸人勇氣的存在，獸人族的象徵。

聖樹枯萎了。

14. 尾聲

聖樹枯萎後，過了整整兩天。

由於聖樹突然乾枯，婚禮會場一片騷動。

婚禮告停，來確認聖樹狀況的士兵們認為是霸修下的手，便朝他逼近，智人族王子就對他們說明了狀況。

有人意圖讓格帝古茲復活，聖樹種子被那些分子動手奪走了，其結果就是聖樹因而枯萎……還有，是「半獸人英雄」霸修救了差點被凶手殺害的納札爾與希爾薇亞娜。

由於凱珞特與珀璞樂蒂卡這些專有名詞被按住不提，讓人半信半疑，但希爾薇亞娜懊惱地進一步懺悔是自己失策導致了這樣的事態，士兵們才信服並前去向高層報告。

兩人為了說明而一塊同行，霸修暫且獲得赦免。

獸人族高層接獲報告，認為事態嚴重。

惡魔王格帝古茲的復活。

那場令人深惡痛絕的戰爭將要復發。

對於歌頌當下和平的人們來說，那是非阻止不可的事。為遏止格帝古茲復活，應該要立刻與各國分享情報，並組織討伐隊展開行動才對。

不過，關於有人企圖讓惡魔王復活這一點，高層決定下達緘口令。

由智人、精靈、矮人、獸人組成的四種族同盟也就罷了，要是連七種族聯合都接到消息，也有可能導致他們大舉起事。

就連舉國撕毀和平條約都有可能。

畢竟並不是每個人都像霸修一樣正派。

◆

當獸人之國開始譁然時，霸修回到旅館，準備整裝啟程。

照理說，這次一切都進行得很順利。

他全照雜誌寫的做，感覺也不錯。要說的話，甚至釣到了自己沒追求的女人。什麼都沒有失誤才對。

偏偏就是雜誌最後一頁寫的事情成真了。

雜誌的最後一頁。

14.尾聲

那上面是這麼寫的：

『假如女方想要的是你的錢，或以玩弄你為目的↓結婚就沒有指望。因為你被騙了！』

既然希爾薇亞娜本人已經明言她的目的是要玩弄人，她騙了霸修，現在也只能說無可奈何。

坦白講，霸修覺得渾身洩了氣。

可是，這並不代表雜誌寫的內容有錯。

證據在於凱珞特經過一晚就愛上了霸修。雖然追希爾薇亞娜落得一場空，但霸修有預感，下一個女人肯定就能進展到結婚。

於是霸修有好幾天都跑去他遇見凱珞特的那間酒吧。

然而，聖樹枯萎，婚禮也停辦了，喜洋洋的氣息從城裡完全消失，店裡別說是女人了，連男人都幾乎看不見。白天城鎮裡也殺氣騰騰，無論男女都變得像戰爭時一樣，對霸修厲目相待。

霸修以為下一個女人就十拿九穩，但雜誌上也有寫到「趁大家都喜氣洋洋的現在正是時機」。

換句話說，並非喜氣洋洋的現在便不是時機了。

就連霸修也做出在這座城裡找老婆有困難的結論，才開始整裝準備啟程。

「話雖如此，我該去哪裡找呢？」

然而，他並沒有決定好下一個要前往的地點。

「好難想喔。老大，從這裡出發的話，或許去智人族領有的飛地看看也不錯。」

「路程有些遠……」

矮人已經夠了。精靈則發生過桑德索妮雅那件事所以不可能。

既然如此，之後能找的只剩智人。

可是，智人的領地在遙遠彼方。從這裡啟程，實在離得太遠。

「哎呀，你們要出發啦？」

就在此時，有人朝哥兒倆搭話了。

「納札爾嗎？」

旅館入口有名男子站在那裡。戴了面具，還彈著樂器的男人。今天依然從撥奏的樂器響起了並不悅耳的樂音。

「不好意思，當我戴著這張面具時，希望你能叫我埃洛爾。別看我這樣，姑且還是有意要隱藏真實身分。」

「是嗎？那麼，埃洛爾，受你關照了。」

埃洛爾提供的助力，確實為霸修帶來了手感。

14.尾聲

即使如此仍沒有得到成果，只能說這次運氣太壞。

在戰場上，就算一切都做得完美，還是會有輸的時候。

這跟那是一樣的。

「接下來，你打算去哪裡？」

「……還沒有決定。」

「表示你坐立難安嘍？」

「對，應該也沒多少時間了。」

從霸修由半獸人之國出發算起，已經過了滿長的天數。

雖然大概還有餘裕，但霸修沒時間玩了。時間限制分分刻刻都在逼近。

「是嗎……既然去處沒決定好，能不能讓我為你指路呢？」

「好吧。你說的話可以信賴。」

「能讓你這麼說還真榮幸……當下，我希望你先去惡魔之國。」

「你是說……去找惡魔？」

這句話讓霸修回想起日前瞥見的惡魔魔導士。

「影渦」珀璞樂蒂卡。雖然給人有些陰沉的印象，卻是位美麗的女子。

仔細想想，霸修以往見過的女惡魔好像以美女居多。

「……難道你覺得惡魔會理半獸人？」

女惡魔之所以沒列入半獸人的繁殖對象人選，是因為她們對半獸人不理不睬。

戰爭時，惡魔族完全就是高階的存在。

女惡魔根本不理半獸人，半獸人也認為無法高攀女惡魔而認命。

對她們有遐想甚至會被說是失禮的行為。

「對啊，由你去就沒有問題。」

「……是嗎？」

「對。或許能辦到的反而只有你。戰爭已經結束了，能把這一點講得有說服力的人，就只有你。」

「原來如此……」

戰爭結束了。

半獸人與惡魔都在戰爭中落敗，上下關係早已解除。

這是不需要用蠻力搶，還可以靠戀愛把對象追到手的時代……身為半獸人的霸修，應該也有可能追到女惡魔。當然，就算世道如此，要追到完全把半獸人看扁的女惡魔，還是相當困難的吧。

「你有『半獸人英雄』的頭銜，即使是高階惡魔也會聽你說話才對。」

14.尾聲

而且納札爾還掛了保證，認為那大有可能。

「……我明白了。既然你這麼說，我就去挑戰看看。」

霸修用力點頭。

因為愛與和平的使者埃洛爾說的話，對他而言相當於神諭。

「我就知道你會這麼回答。」

話說完，納札爾從懷裡拿出一封信。

「抵達惡魔之國以後，希望你能把這交給『暗黑將軍』西肯思。」

「要給『暗黑將軍』……原來你連這種東西都準備好了啊！」

霸修用力點了頭。

「暗黑將軍」西肯思。

身為惡魔王格帝古茲的親信，長年擔任惡魔軍總指揮官的傑出人物。

目前王位空著的惡魔之國是由他統管。

而西肯思有三位女兒，全是美麗的女孩，其中一位便是「影渦」珀璞樂蒂卡。

捎給珀璞樂蒂卡父親的信函。

當中真意就連遲鈍的霸修也能看透。

信裡的內容正是要替霸修與珀璞樂蒂卡牽線，也就是說媒的文章吧。

「當然嘍。我並沒有小看你，但智人族可是自負比半獸人更擅於交涉。」

「感謝。」

「彼此彼此。」

明白狀況以後，霸修很快就做了決斷。

「那麼，我走了。」

「好，路上小心。」

霸修起身，並且從旅館離去。

妖精飄呀飄地跟到他的背後。納札爾目送他的背影，一邊搭話：

「霸修大人。」

「嗯？」

「謝謝你。」

霸修對他再次的感謝感到不解，但仍點頭致意。

納札爾見狀，在面具底下露出了驕傲的笑容。

14.尾聲

■

當霸修啟程時，希爾薇亞娜正待在牢裡。

透過納札爾作證，儘管大家明白她只是受了敵方操弄，但她本人認為自己有必要受處罰，就主動向女王訴請坐監。

希爾薇亞娜並不認為進入大牢，就能償還自己所闖的禍。

她曾想過，立刻參加討伐隊替自己善後，才是真正負責任的做法。

但就算那樣，自己仍需要受罰反省的時間作為了斷。

「……」

在昏暗潮濕的牢中，希爾薇亞娜盤腿冥想。

占據其內心的固然多是後悔，但關於今後的事更多。

敵方今後會如何行動？聖樹種子是什麼？要怎麼使用？或許視其用途，還能夠採取對策，那麼我方今後的動向是——她大多在思考這些。

有一名女子來到這樣的她身邊。

「希爾薇亞娜。」

女子的聲音讓希爾薇亞娜回神抬起臉。

然後看見對方的臉，她睜大了眼睛。

在姊妹當中，獸類特徵尤其明顯的臉孔，儘管頭部正如一隻狗，整體卻散發出一股溫柔和善的氣息。

「！王姊！」

是三公主伊瑞菈。

婚禮因這次騷動而被迫停辦的主角。

希爾薇亞娜鬆開了盤起的腿，像狗一樣平伏於地。

「這次因為我思慮淺薄的行動，讓喜宴泡湯了，萬分抱歉。」

「是呢。感覺有點遺憾。」

這句話讓希爾薇亞娜的額前流過冷汗。

她一直期待著婚禮，結果卻以那樣的形式告終，希爾薇亞娜道歉也道不完。

「但是沒關係喔。反正，婚禮終究是對外的儀式。」

「可是——」

「沒關係。我能跟喜歡的人在一起就覺得很幸福了。」

話說完，伊瑞菈開朗地笑了。

14.尾聲

「重要的是，一陣子不見，妳的臉色變溫和了。」

「是……這樣嗎？」

「是啊，之前的妳，即使跟我們講話，感覺也有幾分緊繃喔。」

希爾薇亞娜摸了摸自己的臉。

儘管自己不太能分辨，心裡卻有數。

「……過去我一直想著要為雷托舅舅報仇，要取回獸人族被踐踏的尊嚴，更要讓半獸人接受報應……」

「畢竟妳比任何人都喜歡雷托舅舅。」

「可是，實際見到『半獸人英雄』霸修大人，跟他對話後，我才知道自己誤解了。霸修大人並沒有樂於擱下雷托舅舅不管，也沒有將那場勝利的榮譽視為無物。」

「……畢竟那是戰爭啊。」

「是的。而且，戰爭已經結束了。霸修大人比誰都要理解這一點，而愚蠢的我之前並不懂……然後，他開導了我。」

希爾薇亞娜獲得了開導。

她莫名能夠接受自己口中冒出的修辭。

沒錯，感覺霸修一直很有耐性地守候著希爾薇亞娜。

正常來想，他在希爾薇亞娜接近時，就算替自己辯解也不奇怪。

但他沒那麼做，還不著痕跡地談到跟雷托那一戰是令人驕傲的。

彷彿要讓聽不進別人講話的孩子也能輕易明瞭。

如同雷托在過去耐性十足地教導曾是莽撞孩子的希爾薇亞娜各種道理。

「我在婚禮會場上只有瞄到霸修大人一眼，但他的氣質跟雷托舅舅很像呢。」

「是的。」

「呵呵，妳居然會這麼斷然地點頭……下次會不會是企求半獸人與獸人關係友好的婚禮呢？」

「請、請王姊別取笑我了。」

希爾薇亞娜想起霸修的求婚詞。

儘管那是為了規勸自己所說的話，回想起來，求婚的內容是多麼熱情，讓人不由得臉頰發燙。

「『半獸人英雄』霸修是偉大的人物。像我這樣淺薄的丫頭，不配當他的妻子。」

「是嗎？」

「是的，沒有錯。」

希爾薇亞娜別開臉，彷彿要說的都說完了。

14.尾聲

接受懲罰到一半卻被看見自己臉紅，會讓她尷尬。

「總之，幸好妳看起來滿有精神。原本我有點擔心。」

「讓王姊操心，我很抱歉。」

但是——希爾薇亞娜一邊道歉一邊心想。

但是，如果自己能變得不那麼淺薄，而且跟對方更相配一點，到那時候……她心想。

閒話　精靈族大魔導跟著啟程

霸修啟程的幾天後，桑德索妮雅正趕著處理雜務。

獸人國一片譁然，婚禮告停，使得精靈族這邊也隨之掀起漣漪，而她就是忍不住要插手處理。

雖然她始終都主張自己並非桑德索妮雅，而是面具聖女歐蘭契雅珂，卻有一種遭人趁便利用的感覺。

然而，不管她是桑德索妮雅或歐蘭契雅珂，既然得知有勢力企圖讓惡魔王格帝古茲復活，就無法再遊手好閒。

從長年的經驗，桑德索妮雅十分明白某些事情唯有自己才能幫忙盡一份力。

適當打發纏身的雜務以後，她就非得去幫忙。

話雖如此，當下也不知道能幫什麼。

因此，這天她還是被無謂的雜事耗掉了一天。

「唉～～真受不了……明明在這種地方一直跟人開會也沒用……」

閒話　精靈族大魔導跟著啟程

深夜，桑德索妮雅正在自己房裡嘆氣。

每晚每夜，她都被找去參加探討今後該如何因應的會議，因而感到吃不消。

假如會議內容有建設性倒還好，出席者卻只會問這下怎麼辦，責任該由誰負，根本毫無進展。

這是當然的吧。就現狀而言，情資實在太少了。

話雖如此，蒐集情資這回事需要人手與時間。

就算桑德索妮雅一個人急著採取動作，顯然也得不到多大的情報。

何況要說的話，桑德索妮雅擅長的是在獲得情報後的行動。

掌握敵方位置及目的，再擊潰敵人。

精靈族大魔導的泛用性與因應力跟其他英雄截然不同。

因此從桑德索妮雅的立場，固然是希望等情資到齊再行動……

在這種慌亂的狀況下，也不保證能獲得真正需要的情報，四種族同盟之間更可能動不動就開始互扯後腿。

當著眼前被弄枯聖樹的獸人姑且不提，從其他種族的觀點來想，格帝古茲將復活的消息聽起來八成只像訛傳罷了。精靈族對樹木知之甚詳，所以是你們搞了什麼鬼吧？只要智人族高官之類的人物這麼指稱，或許腦袋不好的矮人也會開始相信。

從戰爭終結算起過了三年。戰爭中的憎恨與憤怒至今仍殘留著，另一方面，因為日子過得和平而犯傻的分子確實也變多了。

「……」

普昆碧麗雅守在旁邊，默默遞了水給桑德索妮雅。

桑德索妮雅大口喝下，然後交抱雙臂望向窗外。

從窗戶望見的獸人國景觀與幾天前無異。

可是，空氣中好像瀰漫著一股陰鬱的調調。

畢竟作為心靈寄託的聖樹枯萎了，這是當然的吧。

桑德索妮雅感受著這些，並且思索。

「……我該做什麼才好？」

至少可以確定並不是替停辦的婚禮善後。

立刻回精靈族本國或席瓦納西森林，然後上第一線指揮也是可以。

照理來想，應該要那樣才對。

只要桑德索妮雅說句話，絕大多數的精靈都會採取動作。先讓諜報部去蒐集情報，視結果再決定自己要怎麼行動，這是她在戰爭中的做法。

然而，自己難得離國，處於未受束縛而能自由行動的立場，不利用也嫌可惜。

閒話　精靈族大魔導跟著啟程

倒不如說，回國就不能替自己找老公了。

沒有錯，桑德索妮雅對於這趟徵婚之旅還沒有死心。

儘管優先順序絕不算高，她確實不想放棄。

戰爭會復發嗎？還是能及時阻止呢？無論結果如何，她就是沒辦法蒙蔽自己想趕緊找個伴的心意。

桑德索妮雅苦惱著。

「普昆碧麗雅……妳有什麼想法？」

「我覺得您可以照自己的意。」

面對苦惱的桑德索妮雅，前暗殺部隊隊員回應得不近人情，未免太冷淡。

「桑德索妮雅大人不可能做出有損精靈族利益的行動。元老院那幾位人士應該也會認同才對。」

「笨蛋，妳太抬舉我了。我也光是為自己著想……再說，元老院那些人上了年紀都變頑固啦，他們才不會認同我，就算會也是不情不願，懂嗎！」

坦白講，只要桑德索妮雅為了精靈族而行動，應該就不會說話。

前提在於桑德索妮雅採取的行動是為精靈族好。

若桑德索妮雅並未放棄徵婚的真相浮上檯面，就算是元老院也會發火吧。不只元老院，

托里克普多應該也會罵她。都一把年紀了還胡搞什麼啊？每個人都會這麼數落才對。

「呵呵，桑德索妮雅大人，儘管您表示是為了自己，卻總是在為精靈族勞心勞力，不是嗎？」

或許連普昆碧麗雅都會生氣。不，沒有或許，她理當生氣的。桑德索妮雅之前對她說了那些冠冕堂皇的話，自己卻追著男人的屁股跑啊？就這麼回事。

所以桑德索妮雅說不出煩惱的內容。

她非得自己做決定。

「即使您顧的是自己，精靈族也該離開桑德索妮雅大人這位大家長，學著自己獨立了。大家都是這麼想的。因此，還請您無拘無束地盡放蕩之能事。」

「……叫我放蕩是什麼意思？這樣好嗎？講出這種話，要是我開始到處物色男人，你們要怎麼辦？每晚每夜都換對象，弄得連孩子的爸是誰都不曉得。」

「哈哈哈哈哈。桑德索妮雅大人辦得到的話，應該已經有一兩個孫子了吧？」

「……」

的確——桑德索妮雅不禁心想。

「沒問題的，大家都明白。無論桑德索妮雅大人口頭上怎麼說，也絕對不會棄精靈族於不顧……」

閒話　精靈族大魔導跟著啟程

「呃，我是不會棄你們不顧啦。可是分心去物色男人，最後搞到祖國滅亡可就不是開玩笑的了。」

桑德索妮雅對有些雞同鴨講的會話感到無奈，同時驀地望向窗外。

於是，只見有個裝扮詭異的男人在那裡。

他鬼鬼祟祟地正打算從院子離去。

「……那傢伙。」

桑德索妮雅對那身裝扮有印象，就從椅子上起身。

「喂，你打算去哪裡？」

桑德索妮雅的聲音讓準備消失在夜色中的男子停下了腳步。

「幸會幸會，面具聖女歐蘭契雅珂大人，妙齡女性大半夜的在外徘徊，會被懷疑是暗殺者或什麼可疑分子喔。」

「要懷疑就讓他們去懷疑，反正我沒有任何虧心之處。我才想問你，大半夜的做出這種漏夜逃跑般的舉動，該不會是幹了什麼壞事吧？嗯？看在戰友情誼的分上，我不會向別人透露，你就說出來吧，納札爾大人。」

普昆碧麗雅在旁邊聽著，覺得「這根本就是親戚阿姨講話的調調」。

然而，她沒有說出口。

畢竟桑德索妮雅對誰都是這樣。

有精靈小伙子離家出走時，她就會碰巧現身帶對方到處玩或者請對方吃飯，之後再溫柔地規勸造成小伙子翹家的當事人。普昆碧麗雅沒有那種經驗，但部隊裡有人提過小時候曾發生這種事。不對，記得那個隊員好像是被規勸的一方？

「請妳別這樣。說得好像我真的做了什麼壞事。」

「所以說，你在幹嘛？如果真的不方便啟齒，要我不過問也是可以……」

「日前，我從凱洛特小姐口中聽到了魅魔之國的現況。據說她們受各國冷漠對待，連小孩都在挨餓……這幾天我稍微打探過，看來似乎是真的……」

「……喂，你該不會打算去魅魔之國吧？」

「是的。只要動用納札爾的名義，我應該也能為她們做些什麼。」

「你認真的嗎？男人跑去找飢餓的魅魔，可是跟送死沒兩樣耶。說起來，你會不會太小看魅魔了？你還年輕，大概不清楚，男人對她們來說就是食物。或許你以為有話好談，但是在肚子餓癟時看到焦焦香香的烤肉送上門，你覺得有誰會想多談嗎？會被舔一口的可是你喔，被對方當成試味道——」

「……結果——」

閒話　精靈族大魔導跟著啟程

納札爾大大地嘆了口氣。

「桑德索妮雅大人，連妳都這樣嗎？跟我國那些鄙視凱珞特小姐的人一樣。」

「你、你想說什麼？」

暗中想追的帥哥表示失望，不禁讓桑德索妮雅動搖。

「過去魅魔族也有打算遷就我們，然後就像這樣被劈頭拒絕，所以不說妳跟那些偏見分子一樣的話，我又該怎麼說呢？」

「呃，話不是那麼說的。」

「妳見過霸修大人以後，應該也了解吧？連只把女人當成繁殖苗床的半獸人也有講道理的人在，何止如此，在他們之中甚至也有值得尊敬的人物。」

「不，我並不是想貶低魅魔，只是在擔心你……」

然而被對方這麼一說，桑德索妮雅也不得不噤聲。

過去，桑德索妮雅確實對半獸人懷有偏見。

不過認識霸修以後，偏見確實被中和了。

儘管大多數的半獸人應該並不像霸修那般高潔，然而就算那樣，桑德索妮雅發現半獸人也是可以懷有高潔精神的。

假如所有半獸人都那麼高潔，她甚至覺得從半獸人當中找夫婿也不壞。

桑德索妮雅想要的還是霸修，不過眼前已經一度拒絕了對方的求婚，她總不好倒追回去。當然，要是對方再來求愛，她倒不會拒人於千里之外。

思索到這裡，桑德索妮雅搖頭打消了主意。現在大可不提那些。

「基本上，哪裡有確切的證據可以證明凱洛特不是在說謊？也許那女的滿口胡說八道，背地裡還走私男人啊。」

「她並沒有說謊，這點道理妳應該還懂吧。」

「……也是啦。」

四種族同盟對於魅魔及惡魔族有近乎偏執的戒心。

萬一背地裡有那種動作，應該立刻就會查到。

而且他們就會以此為由，進一步加強施壓的力道吧。因為有那樣的勢力存在。

「唔～～……」

桑德索妮雅苦惱地發出嘟噥。

「話說完了嗎？那麼，請容我出發。」

納札爾瞥向在身後嘟噥不停的桑德索妮雅，並且邁出步伐。

桑德索妮雅先是擺了臭臉目送他……然後悄悄放鬆表情，敲了一下手掌。

「嗯，既然這樣，我也跟你一起去吧！」

閒話　精靈族大魔導跟著啟程

納札爾急忙回頭。

「咦？可是妳……」

「有我護衛的話，就算是魅魔也不敢隨便對你出手。對方大概也懷恨在心，但是我會靈活應付的。嗯，你放心，我可是精靈族大魔導桑德索妮雅，不會眼睜睜放戰友去送死。」

「桑德索妮雅大人……」

「既然格帝古茲可能復活，從打探魅魔族內情的角度來想，也得有人去一趟才行啊。」

桑德索妮雅說到這裡，便發現納札爾目不轉睛地盯著她。

因此她捏著帽緣，耍帥地這麼說道：

「哎，就這樣。你可別迷上我喔。」

意思是要他迷上自己。

儘管聽納札爾說過他在為某位女性守貞，然而說不定還是有機會，也許還可以趁機請納札爾介紹他的朋友跟自己認識……打著可悲的如意算盤的女人正在做最後掙扎。

「呵呵，當然了。」

當然，納札爾不可能懂她的心思，只是淺淺微笑。

桑德索妮雅看苗頭不錯，還想進一步開口，就忽然注意到有個女的在自己旁邊顯得一臉為難。

「妳那是什麼臉，普昆碧麗雅？妳也要跟著來啊。」

「……我也要，跟著去嗎？」

「妳闖了那麼大的禍，回國會受重罰吧？在事情降溫前，都給我待在身邊當護衛。沒事的，等這趟旅行結束，妳就會洗去一身罪過。」

「！我明白了。」

「很好，有妳在等於多了一百份人力，我可是很指望妳喔！」

普昆碧麗雅心想：

（這一位非但照顧精靈族，還自然而然就會對任何人伸出援手。）

像這樣，桑德索妮雅也再次回到她的旅途。

與絕不可能移情轉意的人結伴，前往對自己懷有莫大恨意，族內又無男人的魅魔巢窟。

桑德索妮雅的徵婚之路險惡得無邊無際。

後記

各位好久不見。我是理不尽な孫の手。

首先請容我藉這個場合，向拿起《半獸人英雄物語》第4集的各位致謝。

誠摯感謝各位讀者。

由於要寫後記，這次我有想過要不要詳述關於第4集所花的工夫，但礙於篇幅不多還是談談近況就好。

首先呢，其實我最近感染到病毒，已經變成殭屍了！

在變成殭屍之前，它們曾是我恐懼的對象。我曾發誓自己才不想變成那樣，絕對要逃掉。然而，變成殭屍以後卻覺得這樣也挺好的。

與肩膀痠痛無緣的身軀；思路單純到離精神壓力遙不可及的腦袋。

儘管有食慾難以忍耐的缺點在，反正當人類時也是不吃東西就會死，所以也不值得掛懷。

換句話說，現在的我正一面流浪找食物，一面運用單純的思考力寫小說。

畢竟腦袋效能不佳，寫一行就要花好幾天，但是有堪稱無限的壽命不知如何消耗，所以完全不成問題。即使說是隨遇而安的老後生活也不為過吧。

順帶一提，我會待在露營場，是因為我知道人類容易聚集在這種地方。

畢竟露營場遠離人煙，卻有生活最起碼需要的物資與建築物。幾名人類要潛居的話正合適。

我也屬於室內活動派，便打消了靠嗅覺或直覺到處找食物的主意，改成潛伏在一處等人類過來。還像這樣點起營火，仰望星空，並且一邊寫小說。

拿我還是人類時的用語來形容的話，算是擬態型與蟻獅型的複合樣態吧。

人類還滿容易被這種手法騙喔。這座露營場在近期內有露營過的形跡，有人待過，所以就覺得不會有殭屍。

原本屬於室內活動派的我會在外露營，說來也挺諷刺。雖然用的戰法是連陰沉咖都不過爾爾的守株待兔……

話說回來，哎，劈啪作響的營火，被靜謐包裹的夜晚山區，清澄的空氣，身心彷彿都受了洗淨。為什麼成為殭屍前都沒有從事這類戶外活動呢？直叫我不可思議。

當我寫著這些時，哎呀，好像終於有人類來了。

後記

晚餐時間到嘍。那麼，我先告辭了。

好的，前面交代得長了一點……這次同樣為本作繪製了精美插畫的朝凪老師；由於《無職轉生》的工作而無法專注心力，被我添了莫大困擾的K編輯；其餘參與本書製作的全體相關人士；還有在小說家網站等候更新的各位讀者。

這次我同樣要誠心地感謝你們。讓我們在第5集再會吧。

理不尽な孫の手

被陌生女高中生囚禁的漫畫家 1~3（完）

作者：穂積潜　原案／插畫：きただりょうま

關係改變，囚禁的方式也會跟著改變。
盡是親密互動的桃色囚禁生活即將開始。

漫畫連載上了軌道，此方也願意上學了。關係算趨於穩定的兩人開始為彼此的出路煩惱。就在此時，改編動畫的機會從天上掉下來。然而，條件是要贏過天才漫畫家折尾米洛。為了創作有趣的作品，我該採取的手段只有一種──「此方，妳能不能囚禁我？」

各 **NT$200~220/HK$67~73**

貞操逆轉世界的處男邊境領主騎士 1 待續

作者：道造　插畫：めろん22

置身於女人為了保護男人而戰的異世界，
最強騎士（男）的貞操即將迎來巨大危機！

法斯特是從現代日本轉生至男女貞操觀念顛倒的異世界，成為那個世界極為少見的男性騎士。就在法斯特陪同第二王女瓦莉耶爾初次上陣時，討伐山賊的簡單任務變成出乎意料的慘劇與試煉……在貞操觀念逆轉的世界貫徹「尊嚴」的男騎士英雄傳記就此展開！

NT$260/HK$87

這是妳與我的最後戰場，或是開創世界的聖戰 1~13 待續

作者：細音 啓　插畫：猫鍋蒼

一切都是為了打倒伊莉蒂雅——
眾人前往不屬於帝國與皇廳的「禁忌之地」探尋過去。

帝國與皇廳的戰爭，因為伊莉蒂雅這個世界之敵現身，迎來前所未有的混亂。為了尋求更進一步的真相，伊思卡和愛麗絲等人踏入星靈的聖域之中。他們在那裡知曉了星劍的義務、潛藏於星球深處的災厄，以及「星靈使即將面對的殘酷未來」⋯⋯

各 **NT$200~240/HK$67~80**

虛位王權 1~3 待續

作者：三雲岳斗　插畫：深遊

彩葉身為龍之巫女一事被公開，
將使她成為全世界覬覦的目標。

彩葉的影片播放次數在一夜之間突破百萬，背後有爆料系直播主山瀨道慈暗中活躍。彩葉身為龍之巫女一事透過山瀨的影片被公開，為防止情資進一步外洩，八尋動身尋找山瀨，卻反被連合會當成連續殺人案的凶手拘拿。新的不死者們出現，要向八尋索命——

怕痛的我，把防禦力點滿就對了 1~15 待續

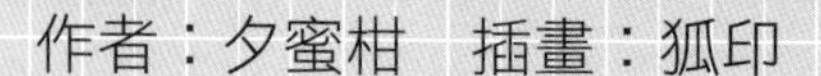

對抗戰進入白熱化連頂尖玩家也退場！
敵軍將梅普露設為頭號目標還以顏色！

嚴苛無比的大規模對抗戰開始還不到一天就白熱化，連頂尖玩家也一個接一個地退場！只以梅普露、莎莉、芙蕾德麗卡等三人執行的閃電戰術，使敵陣大為混亂。

認識到梅普露果真是頭號目標後，敵軍也還以顏色……！

各 NT$200~230/HK$60~77

豬肝記得煮熟再吃 1~7 待續

作者：逆井卓馬　插畫：遠坂あさぎ

與潔絲一同找出瑟蕾絲不用喪命的方法——
根本是豬左擁右抱美少女的逃亡紀行？

為了讓變得異常的世界恢復原狀，瑟蕾絲非死不可？我們與被王朝軍追殺的她展開充滿危險的逃亡之旅，朝「西方荒野」前進。被兩名美少女夾在中間的火腿三明治之旅，出現了意料外的救兵。救兵真正的意圖是？而瑟蕾絲始終如一的戀情，又將會何去何從

各 **NT$200~250/HK$67~83**

噬血狂襲APPEND 1~3 待續

作者：三雲岳斗　插畫：マニャ子

眾所期待的番外篇第三集，
收錄了十五篇短篇、極短篇與附錄內容。

古城與雪菜拜訪了「高神之杜」，他們會遇到什麼古怪事件？〈樂園的婚禮鐘聲〉。徘徊街頭尋找第四真祖的翹家少女遇見了一個奇妙的小學生？〈普通的我也有奇遇……〉。古城主動邀雪菜到咖啡廳，要談關於將來的事？〈不適合第四真祖的職業〉。

各 **NT$200~220/HK$67~73**

城崎
のう
かいりきベア
3
VENOM
VENOM
求愛性
少女症候群
Kadokawa
Fantastic Novels

白金 透
Illustration
マシマサキ
公主騎士的小白臉
He is a kept man for princess knight.
1
Kadokawa Fantastic Novels

無職轉生~到了異世界就拿出真本事~ 1~25 待續

作者：理不尽な孫の手　插畫：シロタカ

世界最強級別的戰力！
賭上魯迪烏斯等人命運的分歧點之戰！

各地的通訊石板與轉移魔法陣皆失去功能，魯迪烏斯與伙伴們集結在斯佩路德族的村子。狀況正如基斯所策劃，畢黑利爾王國的討伐隊逼近斯佩路德族的村子。而北神卡爾曼三世、前劍神加爾·法利昂及鬼神馬爾塔三人也隨著討伐隊一起出現——

各 **NT$250~270/HK$75~90**

國家圖書館出版品預行編目資料

半獸人英雄物語：忖度列傳/理不尽な孫の手作
; 鄭人彥譯. -- 初版. -- 臺北市：臺灣角川股份有
限公司, 2023.09-
冊；　公分. -- (Kadokawa fantastic novels)
譯自：オーク英雄物語：忖度列伝
ISBN 978-626-352-901-4(第4冊：平裝)

861.57　　　　112011242

Kadokawa
Fantastic
Novels

半獸人英雄物語 忖度列傳 4

（原著名：オーク英雄物語 4 忖度列伝）

2023年9月25日　初版第1刷發行

作　者：理不尽な孫の手
插　畫：朝凪
譯　者：鄭人彥
發行人：岩崎剛人
總編輯：蔡佩芬
編　輯：孫千棻
美術設計：黃永漢
印　務：李明修（主任）、張加恩（主任）、張凱棋

發行所：台灣角川股份有限公司
地　址：104台北市中山區松江路223號3樓
電　話：（02）2515-3000
傳　真：（02）2515-0033
網　址：www.kadokawa.com.tw
劃撥帳戶：台灣角川股份有限公司
劃撥帳號：19487412
法律顧問：有澤法律事務所
製　版：尚騰印刷事業有限公司
ISBN：978-626-352-901-4